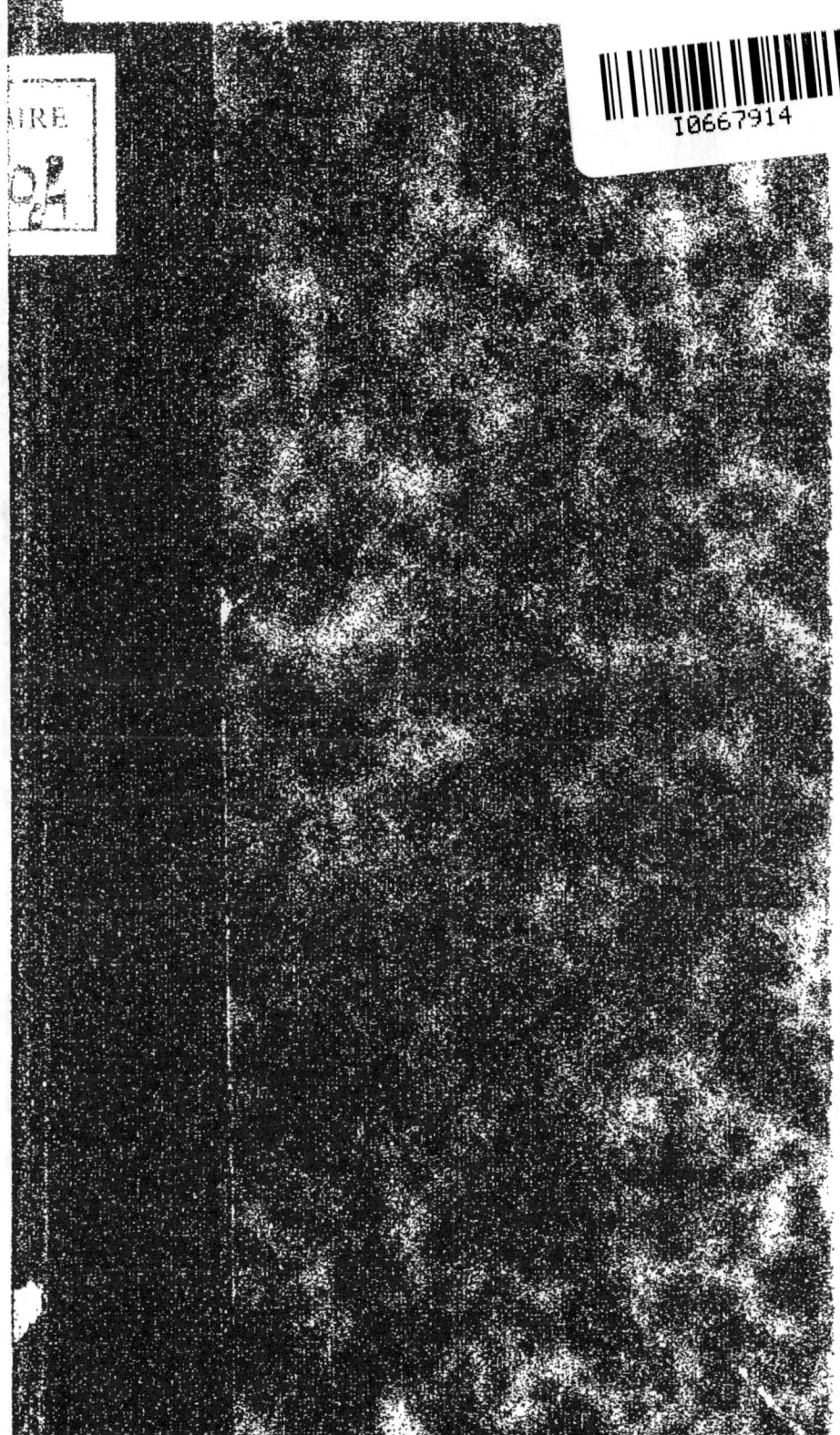

Yf 7504

L'OBSTACLE

IMPREVÛ

OU

L'OBSTACLE SANS OBTACLE.

COMEDIE

En cinq Actes.

Par Monsieur NERICAULT DESTOUCHES.

Le prix 20 sols.

A PARIS.

Chez FRANÇOIS LE BRETON, au bout du
Pont-Neuf, proche la ruë de Guenegaud,
à l'Aigle d'Or.

M. DCC. XVIII.

Avec Approbation & Privilege du Roy.

A SON ALTESSE ROYALE
MONSEIGNEUR
LE DUC D'ORLEANS
REGENT DE FRANCE.

M ONSEIGNEUR,

Les Epîtres Dedicatoires sont aussi embaras-
santes pour V. A. R. que pour les Auteurs qui
vous adressent leurs hommages. Vous y craignez
les loüanges que la verité leur demande pour vos
vertus, & qu'ils ont tant de peine à assaisonner
de la délicatesse qui pourroit vous les rendre sup-
portables. Mais malgré ces Réflexions, MON-
SEIGNEUR, *je ne puis resister davantage à la*
vive reconnoissance que j'ay de vos bontez.

Je n'ay qu'une Comedie à vous offrir, & je vous
la presente avec ce zele qui met toûjours quelque
prix aux moindres offrandes. Je ne faits point
d'excuse à V. A. R. pour le genre de l'Ouvrage
que j'ose mettre sous vos Auspices. Quelque dispro-
tion qui paroisse d'abord entre un grand Prince,

tout occupé du Gouvernement des Peuples, &
une Comedie qui ne semble estre faite que pour
amuser l'oisiveté, il n'est pas difficile de rappro-
cher ces deux idées. Les Princes comme vous,
MONSEIGNEUR, font leur félicité de répan-
dre la joye dans les Etats qu'ils gouvernent, &
les Auteurs Comiques, Ministres en cela des intentions d'un bon Prince, tâchent à nourrir cette
joye innocente. Ils travaillent même à la rendre
utile par une peinture des mœurs également fine
& naïve ; & plus propre peut-estre à les corriger,
que les leçons severes des Philosophes.

Je ne demande donc d'indulgence à V. A. R.
que pour le défauts particuliers de mon Ouvrage.
Vos bontez, MONSEIGNEUR, m'animeront
sans doute à quelque progrès, & elles échaufferont
du moins d'autres génies plus capables que le mien
de les meriter. Et de quel Prince les Arts espere-
ront-ils jamais une protection plus signalée, que
d'un Prince, dont le goût & le génie les embrasse
tous, qui en discerne si sûrement toutes les beau-
tez, & qui connoissant également ce qu'ils ont
d'agréable & ce qu'ils ont d'utile, les regarde
comme une des sources de lagrandeur & de la
félicité des Etats. Je suis avec le plus profond respect.

DE VOTRE ALTESSE ROYALE.

Le très-humble & très-obéissant
Serviteur, NERICAULT
DESTOUCHES.

quelque lieu de notre obéissance, & à tous Imprimeurs, Libraires, & autres, d'imprimer, faire
imprimer, vendre, & contrefaire lesdite Pieces en
tout ou ni en partie, sous quelque prétexte que ce
soit, sans la permission expresse & par écrit dudit
Exposant, ou de ceux qui auront droit de lui, à peine
de confiscation des Exemplaires contrefaits, de
quinze cent livres d'amende contre chacun des con-
trevenans, dont un tiers à l'Hôtel-Dieu de Paris,
un tiers au Dénonciateur, & l'autre tiers audit
Exposant, & de tous dépens dommages & interêts ;
à la charge que ces Presentes seront enregistrées
tout au long sur le Registre de la Communauté des
Imprimeurs & Libraires de Paris, & ce dans trois
mois du jour & datte desdites Presentes : Que l'Im-
pression desdites Pieces sera faite dans notre Royau-
me, & non ailleurs, & ce conformément aux Reglemens de la Librairie ; & qu'avant de l'exposer
en vente, il sera mis deux Exemplaires dans nôtre
Bibliotheque publique, un dans nôtre Château
du Louvre, & un dans celle de nôtre très cher
& feal Conseiller Chancelier de France le Sieur
Phelypeaux, Comte de Pontchartrain, Comman-
deur de nos Ordres ; le tout à peine de nullité des
presentes, du contenu desquelles vous mandons &
enjoignons de faire joüir l'Exposant, ou ses ayans
cause, pleinement & paisiblement, sans souffrir qu'il
leur soit causé aucun trouble ou empêchement. Voulons que la copie d'icelles qui sera imprimée au com-
mencement ou à la fin desdites Pieces, soit tenuë
pour bien & dûement signifiée, & qu'aux copies col-
lationnées par l'un de nos amez & feaux Conseillers
& Secretaires, foi soit ajoûtée comme à l'Original.
Commandons au premier notre Huissier ou Sergent,
de faire pour l'execution des Presentes, tous Actes
requis & necessaires, sans autre permission, non-
obstant, clameur de Haro, Chartre Normande, &
autres Lettres à ce contraires. CAR tel est notre plai-

ſtr. DONNE' à Verſailles, le quinziéme jour de Janvier, l'an de grace mil ſept cent treize, & de nôtre Regne le ſoixante-dix. Par le Roy en ſon Conſeil. DE LA VIEUVILLE.

Il eſt ordonné par Edit de Sa Majeſté de 1686. & Arrêt de ſon Conſeil, que les Livres dont l'Impreſſion ſe permet par chacun des Privileges, ne ſeront vendus que par un Libraire ou Imprimeur.

Regiſtré ſur le Regiſtre num. 5. de la Communauté des Libraires & Imprimeurs de Paris, page 650. N. 607. conformément aux Reglemens de la Librairie, & notamment à l'Arrêt du Conſeil du 13. Aouſt 1705. A Paris le 21 Janvier 1713. Signé,

L. JOSSE, Syndic.

Et ledit Sieur NERICAULT DESTOUCHES a cedé ſon droit du preſent Privilege audit Sieur LE BRETON, ſuivant l'accord fait entr'eux.

ACTEURS.

LYSIMON, Vieillard.

LYCANDRE, autre Vieillard.

JULIE, cruë Niéce de Lycandre.

LA COMTESSE DE LA PEPINIERE,

ANGELIQUE, fille de la Comteſſe.

LEANDRE, Amant de Julie.

VALERE, Fils de Lyſimon, Petit-Maiſtre.

NERINE, Suivante de Julie.

CRISPIN, Valet de Leandre.

PASQUIN, Valet de Valere.

La Scene eſt à Paris chez Lyſimon.

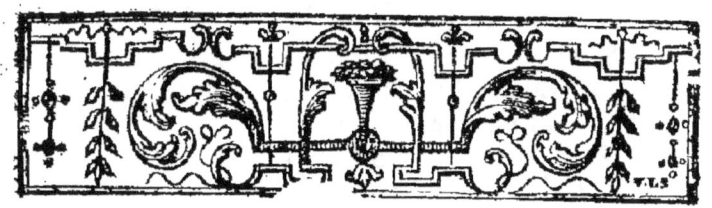

L'OBSTACLE IMPREVÛ

OU

L'OBSTACLE SANS OBSTACLE.

COMEDIE
En cinq Actes.

ACTE PREMIER.

SCENE PREMIERE.

VALERE. PASQUIN, *Ils entrent par deux differens coftez du Theatre.*

VALERE *du côté par où il entre.*

ORBLEU vous avez beau dire, je n'en feray qu'a ma tête.
PASQUIN.
Ah! voici mon étourdi de maître.
VALERE.
La pefte foit de l'homme.
PASQUIN.
Il eft en colere.

A

VALERE.

Il n'y a plus moyen de vivre avec lui, & il faut que nous rompions ensemble.

PASQUIN.

De qui parlez vous là ?

VALERE.

Je parle de mon Pere.

PASQUIN.

Mais vrayment cela est fort honnête. S'il vous avoit entendu . . . .

VALERE.

Je voudrois qu'il n'eût pas perdu un mot de tout ce que j'ay dit.

PASQUIN.

Dieu vous en garde ; vous feriez perdu.

VALERE.

Tu crois donc que je l'apprehende ? Cela étoit bon lorsque j'étois au College.

PASQUIN.

Ma foy ne vous y joüez pas. Il est homme à vous traiter comme si vous y alliez encore.

VALERE *enfonçant son chapeau.*

Luy ? Mon Pere ? Ah vertubleu je luy ferois voir...

PASQUIN.

Paix, Monsieur, le voila qui vient.

VALERE.

Je m'en vais.

PASQUIN.

Revenez, revenez, ce n'est pas luy.

VALERE.

Te moque-tu de moy de me faire une peure semblable ?

PASQUIN.

Moy je vous ay fait peur ? Et vous dités que vous ne le craignez point.

VALERE.

J'ay encore quelque foible pour luy, mais je m'en

deferay. Me voila remis. Presentement , je serois
homme à le braver.

PASQUIN.

Oüy en fuyant. Voilà comme font tous vos pareils. Vous estes braves jusqu'au deguaîner. Croyez-
moy , changez de conduite , & vous ne craindrez
plus vôtre pere.

VALERE.

Dis-moy, faquin , combien le bon homme te
donne t'il pour me prêcher ?

PASQUIN.

Bon ! Il croit que c'est moy qui vous gâte ; &
franchement , j'ay trop de bonté pour vous.

VALERE.

Insolent....

PASQUIN.

Allons , Monsieur, il faut tâcher desormais de le
contenter.

VALERE.

Sçachons un peu ce qu'il faut que je fasse pour
cela ?

PASQUIN.

Tout le contraire de ce que vous avez fait jusqu'a-
present.

VALERE.

Quels crimes ay-je donc commis ?

PASQUIN.

Vous n'en êtes pas encore aux crimes, vous n'en
êtes qu'aux sottises. Par exemple , n'ay-je pas été témoin de la conversation que vous avez euë ce matin avec Monsieur vôtre Pere ? Il vous disoit d'ex-
cellentes choses , & vous luy répondiez tout de travers.

VALERE.

Moy ?

PASQUIN.

Vous même. Voulez-vous pour vous en convain-
cre , que je vous fasse le recit de la conversation ?

Je m'en souviens mot pour mot.

VALERE.

Voyons ; je suis bien-aise de juger de sang froid, si j'ay tort.

PASQUIN.

Voici ce qu'il vous a dit quand vous êtes entré dans sa chambre, de la maniere que je vais vous dé-peindre.

Il fait l'action d'un petit-maître qui entre dans une chambre en étourdi, ensuite il prend l'air serieux du pere.

Bonjour Monsieur, bonjour. *Monsieur je suis vô-tre serviteur.* Où avez-vous passé la nuit pendant que vous êtes. *Parbleu j'ay soupé au Cabaret avec mes Amis, & de-là nous avons couru le bal.* Vous en avez menti. Je sçay à quel bal vous avez été, & si vous ne changez bientôt de conduite, je vous en-voyeray danser à S. Lazare. *Je croy Dieu me damne que vous ne pourriez pas vivre si tous les jours vous ne me faisiez quelque mercuriale.* Et croyez-vous Mon-sieur le sot que je sois fort content de vous voir au milieu de cette pepiniere de fous que l'on appelle Petits Maîtres, espéce d'hommes aussi ridicule qu'in-corrigible ? Que je n'entre pas en fureur depuis que vous arborez ce grand chapeau qui vous couvre un œil & qui ne laisse voir que la moitié de l'autre : de-puis que vous vous débraillez jusqu'à la ceinture : Que vous vous faite une gloire de vous enyvrer de vin, de liqueurs & de tabac, & que vous affectez cet air fanfaron qui impose au Bourgeois & qui fait rire l'honnête-homme. *Tous les jeunes gens sont faits comme cela, mon Pere, il faut suivre la mode ;* Par-bleu je vous la feray bien quitter. *Nous verrons.* Comment nous verrons. Oh ! voici qui vous corri-gera.

Il prend un bâton.

VALERE.

Que vas tu faire ?

PASQUIN.

Vous roffer.

VALERE.

Quoi coquin tu aurois la hardieffe ? . . . .

PASQUIN.

Ma foy je vous demande pardon ; j'entrois fi vivement dans la paffion , que je croyois être Monfieur
vôtre Pere. Vous fçavez bien que fi vous n'euffiez
décampé , la converfation auroit fini de la forte.
Après tout il eft temps de vous réformer. Il y a plus
de trois mois que vôtre future belle- Mere eft arrivée
de Province , avec la jeune perfonne que vous êtes
fur le point d'époufer. Vôtre Pere les loge ici l'une
& l'autre. Elles font témoins de la plûpart de vos
actions qui ne doivent pas les édifier. Comptez-vous
de vivre comme vous faites , quand vous aurez une
femme ?

VALERE,

Le fat ! Eft-ce qu'on fe marie pour fe corriger de
fes défauts ? Je voudrois bien parbleu qu'une femme
s'avisât de me contraindre. Regarde les jeunes gens
d'aujourd'huy. Ils font affidus & complaifans le jour
de leurs nôces : Dès le lendemain ils vont chercher
fortune ailleurs.

PASQUIN.

Et leurs femmes auffi. Voilà ce que s'attirent ces
maris du bel air.

VALERE.

D'ailleurs veux tu que je te parle net. Je ne me
fens plus qu'un foible penchant pour Angelique. Je
croy même qu'avant qu'il foit peu , je ne l'aimeray
point du tout.

PASQUIN.

Quels défauts luy trouvez-vous donc ?

VALERE.

Premierement , elle a trop d'efprit.

PASQUIN.

Trop d'efprit, Cela eft infupportable.

A iij

VALERE.

Elle lit depuis le matin jufqu'au foir & fe pique de fçavoir tout.

PASQUIN.

C'eft un refte de Province. Le grand monde la corrigera.

VALERE.

Elle m'aime comme une Heroïne de Roman, & dès qu'elle me voit, c'eft un étalage de beaux fentimens qui me fatiguent à mourir.

PASQUIN.

Je le croy bien. Parler beaux fentimens aux jeunes gens d'aujourd'huy, c'eft leur parler Grec & Latin, Ils entendent auffi-bien l'un que l'autre.

VALERE.

Mais tu m'avoüeras que cette jeune perfonne dont la mere vient de mourir, & que mon pere a retirée du Convent eft beaucoup plus piquante qu'Angelique.

PASQUIN.

Vous voulez parler de Julie. Je demeure d'accotd qu'elles font d'une humeur differente. Angelique eft languiffante & ferieufe. Julie eft vive & enjoüée. Angelique a quelque chofe d'affecté dans fes manieres. Julie a cet air libre & dégagé du grand monde. Je choifirois Julie pour ma maîtreffe, j'aimerois mieux Angelique pour ma femme.

VALERE.

Nerine eft femme de Chambre & Confidente de Julie, je veux luy parler en particulier.

PASQUIN.

Oüy ! oh je fuis mari de Nerine, moy, & je ne veux point qu'elle ait de particulier avec vous.

VALERE.

Le benais !

PASQUIN.

Je ne fuis point un mari du bel air. J'aime ma femme.

VALERE.

Eſt-ce une raiſon pour que je ne luy parle pas ?

PASQUIN.

Devant moy tant qu'il vous plaira, mais en par‑
ticulier, je vous le défends.

VALERE.

Mais ſongez-vous faquin à qui vous parlez.

PASQUIN.

Vous avez vos droits en qualité de Maître, & moy
j'ay les miens en qualité de mari.

VALERE.

Je m'en moque, & je pretends . . . . . mais mor‑
bleu voici Angelique.

SCENE II.

ANGELIQUE, VALERE, PASQUIN.

ANGELIQUE *ſans les voir.*

V Alere ne vient point ; je ne le voy preſque plus.
Son indifference m'étonne, & commence à
m'inquieter.

PASQUIN *à Valere.*

Entendez-vous ?

VALERE.

Il faut avoüer qu'elle eſt fort aimable.

PASQUIN.

Pour moy je m'en accommoderois fort.

ANGELIQUE.

Ah c'eſt vous, Monſieur, que faites-vous là ?

VALERE.

Je ſors d'avec mon Pere ; il m'a mis de mauvaiſe
humeur, & j'en portois mes plaintes à Paſquin.

ANGELIQUE.

Il me ſemble que c'eſt à moy que vous devriez

confier vos chagrins. On se console avec les personnes qu'on aime. Mais depuis quelque temps, vous
ne me cherchez plus. Je m'apperçois même que
vous m'évitez.

VALERE.

Moy vous éviter ! Que vous êtes injuste ! Demandez à Pasquin, si . . . .

PASQUIN.

A moy ?

VALERE.

Si je ne luy disois pas encore dans le moment, que
je vous trouvois fort aimable.

ANGELIQUE.

Est-ce à luy qu'il faut le dire ? M'enviez-vous le
plaisir de vous entendre parler de la sorte, fut mon
sujet ?

VALERE.

Ma foy, Mademoiselle, je crains de vous fati-
guer par des redites ennuyeuses.

PASQUIN.

Vous connoissez bien peu les femmes, est-ce
qu'elles se lassent de s'entendre dire des douceurs ?

ANGELIQUE.

Pasquin à raison. Surtout ces éloges nous flat-
tent quand ils viennent de personnes que nous ai-
mons.

VALERE.

Chacun à sa methode en aimant. Pour moy quand
j'ay dit une fois que j'aime, je suis persuadé que
j'ay rempli tous les devoirs d'un amant, & je ne
trouve rien de plus fade ni de plus ennuyeux, que
ces soupirans qui sont toûjours aux pieds de leurs
Maîtresses, & qui leur parlent tout un jour sans leur
dire autre chose que ce qu'ils leur ont dit mille fois.
Que vous êtes belle ! Que je vous aime ! Je mour-
rois plûtôt que de vous être infidel. Promettez-
moy ma charmante que vous m'aimerez toûjours.
La belle répond sur le même ton, & c'est toûjours

à recommencer. A force de se servir de ces tendres expressions, on les rend insipides, & à la fin on est tout étonné qu'on se parle d'amour, & que l'on ne s'aime plus du tout.

ANGELIQUE.

On ne peut pas mieux justifier l'indifference : vous luy donnez des couleurs qui la rendroient aimable, si j'étois personne à prendre le change ; mais Valere, croyez-moy, vous n'avez que de l'esprit, & je voy bien que vous n'avez point d'amour.

VALERE.

Je n'ay point d'amour ? Je ne vous aime pas, moy ? Tu vois comme on me traitte. Qui a tort de nous deux, Pasquin ?

PASQUIN.

C'est celuy de vous deux qui ne dit pas la verité.

VALERE.

Ce garçon connoit mes plus secretes pensées ; il peut vous en rendre de bons témoignages.

PASQUIN.

Ah je vous en réponds. Mon Maître est l'homme de France qui aime le plus. Il n'a qu'un défaut, c'est qu'il aime trop.

VALERE.

Assurément.

PASQUIN.

C'est ce que je luy reprochois encore tout à l'heure.

ANGELIQUE.

Je ne m'en apperçois pas ; & quoy que vous fassiez, la satyre des Amants empressez, je vous soutiens que l'amour ne se fait connoître que par les assiduitez, par les protestations, les services. Il vaut mieux dire cent fois les mêmes choses, que de ne pas parler de sa tendresse. Non, Valere, vous ne m'aimez point.

VALERE.

Oh palsangbleu, Mademoiselle, s'il ne tient

qu'à jurer je vous feray des serments.

PASQUIN.

Il vous jurera qu'il vous aime affez pour un homme qui doit vous époufer.

ANGELIQUE.

Voilà ce que c'eft. Je vous fuis deftinée pour femme. Ce titre vous déplaît d'avance. Que je penfe differemment ! Plus je fonge que vous ferez mon époux, & plus mon cœur s'attache à vous fincerement. Dans les cœurs tendres & vertueux, il fe forme les paffions les plus violentes quand le devoir autorife l'inclination.

PASQUIN.

Tenez, Mademoifelle, voilà les plus belles chofes du monde, mais je vous jure en confcience que mon Maître n'entend point cela. Ce n'eft point là le jargon qu'on parle aujourd'huy, & je ne croy pas qu'il y ait beaucoup de femmes à Paris qui l'entendiffent, à moins qu'elles ne portaffent des lunettes, & qu'elles ne fuffent de la vieille Cour. Vous êtes toute fraîche émouluë de la Province. Il faut vous apprendre comme on fait l'amour en ce Païs-ci. On entre dans une Affemblée ou dans une Compagnie. On regarde, on choifit entre toutes les Dames celle qui revient davantage. On luy jette de tendres œillades. On luy fait des mines, on cherche à luy parler, on luy parle. La declaration fe fait dès le premier abord. Si la belle s'en fcandalife, ce qui n'arrive gueres, on s'en moque & on n'y revient pas; fi elle prend la chofe de bonne grace, on luy fait des proteftations; elle y répond, voilà qui eft fait : enfuite on court enfemble au bal, aux fpectacles. On médit du prochain, on prend du tabac, on boit du vin mouffeux, on avale des liqueurs, on paffe les nuits au Cours. On ne fonge qu'au plaifir; on le cherche enfemble tant qu'on a du goût l'un pour l'autre. Dès que l'ennuy fe met de la partie, le Monfieur tire d'un côté, la Dame tire de l'autre, & on va s'accrocher ailleurs. Voilà de quelle maniere naissent, s'entretiennent, & finissent les belles passions d'aujourd'huy.

ANGELIQUE.

Je ne m'étonne pas si les hommes sont si polis presentement, & si la galanterie est sur un si bon pied.

PASQUIN.

C'est la guerre qui a causé ce dérangement-là. Les jeunes gens étoient accoûtumez à brusquer des places, ils ont voulu brusquer les femmes. La Paix remettra tous dans son ordre naturel.

ANGELIQUE.

Je veux que vous m'aimiez autrement que cela, Valere, & que vous vous distinguiez des personnes de vôtre âge : qu'enfin vous rameniez la mode des beaux sentimens.

VALERE.

Ma foy, Mademoiselle, je vous aime autant que je puis vous aimer.

PASQUIN.

Il est de bonne foy.

ANGELIQUE.

Cela ne dit rien. Je veux réformer vôtre cœur, & le rendre capable d'une passion aussi délicate que la mienne. Il faut que nous lisions ensemble tous les Romans. J'en ay une ample bibliotheque ; c'est-là que vous apprendrez que les plus belles passions ne tendent qu'au mariage, & ne sont jamais détruites par ces beaux nœuds.

VALERE.

Ma foy, cela n'est vray que dans les Romans. Moy lire ces fadaises-là, j'aimerois autant lire des Operas.

ANGELIQUE.

Il faut que vous prenniez ce parti-là, si vous voulez me faire croire que vous m'aimez : mais voici ma Mere.

VALERE.

Surcroît d'embarras.

SCENE III.

LA COMTESSE, ANGELIQUE, VALERE, PASQUIN.

LA COMTESSE.

Bonjour, mon gendre.

VALERE.

Mon gendre ! Peste soit de la Provinciale.

LA COMTESSE.

Dequoy parliez vous ? Que je ne vous interrompe point.

ANGELIQUE.

Nous parlions de lecture, & je conseillois à Monsieur....

LA COMTESSE.

Ah vrayment, j'en suis ravie. Il n'y a rien de si utile que la lecture, & celle des Romans sur tout. On apprend tout dans ces Livres là. Feu Monsieur le Comte de la Pepiniere mon très-honoré Mary, & moy, nous les lisions jour & nuit, & nous nous attendrissions, nous nous attendrissions !

VALERE.

Ah voilà Monsieur de la Pepiniere revenu ! Je m'étonnois bien qu'elle n'en eût pas encore parlé.

LA COMTESSE.

Croiriez-vous que feu Monsieur de la Pepiniere & moy....

VALERE.

Encore ?

LA COMTESSE.

Nous lûmes une fois tout Cyrus en huit jours. Cela nous

nous mettoit dans le cœur un fond de paſſion iné-
puiſable.

PASQUIN.

Et ces lectures avoient d'agréables ſuites apparemment ?

LA COMTESSE.

Cela eſt cauſe que Monſieur le Comte & moy,
nous nous ſommes aimez juſqu'au moment de la
ſeparation. Mais qu'avez-vous, Valere, vous ne
dites mot.

VALERE.

Je vous admire.

LA COMTESSE.

C'eſt plûtôt ma fille que vous admirez.

ANGELIQUE.

Ne luy dites rien, Madame, il eſt de fort mauvaiſe humeur.

LA COMTESSE.

Avoüez qu'Angelique a bien de l'eſprit, & qu'il
eſt rare de trouver une jeune & belle perſonne qui
ait autant de lecture que ma fille.

VALERE.

Voulez-vous que je vous parle franchement ? La
lecture ne convient point à une femme, & je voudrois que la mienne fut fort ignorante.

LA COMTESSE.

Ah, ah, vous êtes bien dégoûté. Allez chercher
vos folles qui ne ſçavent que ſe coëffer, farder leurs
viſages, faire aſſaut de vin de champagne, & courir le bal. Ce ſont-là les ſçavantes qu'il vous faut apparemment.

VALERE.

Je vous avoüe qu'elles m'amuſent davantage que
celles qui citent les Auteurs.

PASQUIN.

En voulez-vous ſçavoir la raiſon ? C'eſt que les
ſçavantes que vous eſtimez ſont pour les anciens,

B

& celles qui amufent Monfieur, font pour les Modernes. Mais voici le Patron. Je me retire.

SCENE IV.

LYSIMON, LA COMTESSE, VALERE.

LYSIMON.

ON m'a dit, Madame, que vous vouliez me parler.

LA COMTESSE.

On vous a dit vray.

LYSIMON.

Abregez, s'il vous plaît. Finirez-vous bien-tôt?

LA COMTESSE.

Je n'ay pas encore commencé.

LYSIMON.

Commencez donc, mais dépêchez vous; j'ay une affaire en tête qui ne me permet gueres de penfer à celles des autres.

LA COMTESSE.

Vous êtes toûjours brufque, & il n'y a pas moyen de s'expliquer avec vous. Oh çà écoutez-moy, je viens au fait.

LYSIMON.

Dieu le veüille.

LA COMTESSE.

Vous fçavez que mon procès eft en état d'être jugé.

LYSIMON.

Si je le fçay! Je viens de voir vôtre Procureur, vôtre Avocat, & de folliciter vos Juges.

LA COMTESSE.

Mais vous ne fçavez peut-être pas que mes Parties font allées trouver mon Avocat , & que . . .

LYSIMON.

Il n'eft point queftion ici ni de vôtre Avocat ni de
vos Parties ; je fuis fi las de vôtre procès , & de vous
en entendre parler , que fi je n'étois fûr qu'il fera
terminé inceffamment , je donnerois tout mon bien
pour le faire juger. Je croy pourtant que j'en feray
quitte pour cinquante piftoles que j'ay mifes dans la
main du Secretaire de vôtre Rapporteur. J'ay fait
parler de jolies femmes aux jeune Confeillers ; j'ay
employé des gens de credit & d'autorité auprès des
anciens ; j'ay envoyé deux cartaux de vin de champagne à vôtre Avocat ; j'ay donné fix Poulardes &
deux Chapons du Mans , avec un pâté de Perdrix à
vôtre Procureur : voilà je croy tout ce qui peut acce-
lerer un jugement , & rendre une caufe excellente.

LA COMTESSE.

Après cela il faut que je gagne , ou il n'y a plus
de juftice dans le monde. Me voilà tranquile fur cet
article. Mais que ferons - nous de ces jeunes gens-
ci. Il y a trois mois qu'ils vivent enfemble , ç'en
eft affez pour fe connoître , & peut-être , pour fe
connoître plus qu'il ne feroit à fouhaitter. Atten-
drons-nous la fin de mon procès. Préviendrons-
nous l'Arreft que j'attends ? Les marirons-nous ?
Ne les marirons-nous pas ?

ANGELIQUE.

Je prends la liberté de vous dire . . . .

LYSIMON.

Mademoifelle on ne demande pas vôtre avis,

VALERE.

Pour moy mon fentiment . . . .

LYSIMON.

On a bien à faire de vôtre fentiment. Taifez-vous.
Vôtre procès & ce mariage font deux chofes qui n'ont
rien de commun. Nous fommes d'accord d. nos

faits. Mademoiselle est en âge & en volonté d'être
pourvû ; il est dangereux de retarder les filles quand
elles sont dans ces dispositions ; je suis pressé moy de
me défaire de ce libertin-là. Il faut faire sa nôce dès
demain ; parce que je compte de me marier en même temps, moy qui vous parle.

VALERE.

Vous, mon Pere ?

LYSIMON.

Oüy mon fils.

VALERE.

Mais songez-vous ?...

LYSIMON.

Je songe que vous êtes un sot. Tournez-moy les
talons. Ces jeunes étourdis-là s'imaginent que le
mariage n'est fait que pour eux.

LA COMTESSE.

Et quelle est la personne que vous épousez ?

LYSIMON.

Madame, c'est-là, mon affaire, & non pas celle
des autres. A demain les deux mariages. N'y con-
sentez-vous pas ?

LA COMTESSE.

Volontiers.

LYSIMON.

Et vous la belle ?

ANGELIQUE.

Tout ce qu'il vous plaira.

LYSIMON.

Quelle résignation ! Oh ç'a nous n'avons plus rien
à nous dire.

LA COMTESSE.

Je vous donne le bon jour.

LYSIMON à *Valere.*

Comment ? vous voilà encore ?

VALERE.

Oüy, mon Pere, il faut que vous me permet-
tiez...

LYSIMON *le poussant.*

Je vous permets de vous retirer & tout au plus
vîte.

❋❋❋:❋❋❋❋❋❋❋:❋❋❋❋❋❋❋❋:❋❋❋

SCENE V.

LYSIMON *seul.*

Voilà mon mariage declaré. Il n'y a plus qu'une
petite difficulté à cette affaire-là ; c'est que je
ne sçay si j'auray le consentement de la personne que
je veux épouser. Elle est sous mes ordres en quelque
sorte ; & au défaut de la jeunesse & des belles manieres , j'ay pour moy le pouvoir & l'autorité. Cependant je veux gagner la Suivante ; elle a du credit sur
l'esprit de sa Maîtresse. Bon, le hazard la conduit ici
fort à propos.

❧❧:❧❧:❧❧ ❧❧:❧❧❧:❧❧

SCENE VI.

LYSIMON, NERINE.

NERINE.

Voici nôtre bourru qui brusque tout le monde ;
mais à bon chat , bon rat.

LYSIMON.

Bonjour Nerine.

NERINE.

Bonjour, Monsieur.

LYSIMON.

Tu me paroît de mauvaise humeur,

B iij

NERINE.

A peu près comme vous.

LYSIMON.

Vous devez prendre garde à qui vous parlez, Nerine.

NERINE.

Et vous, comment vous parlez, Monsieur.

LYSIMON.

Sçais-tu bien qu'il n'y a que toy qui ose me répondre ici comme tu fais ?

NERINE.

C'est qu'il n'y a que moy ici qui ait du courage & de la fermeté.

LYSIMON.

Nerine.

NERINE.

Monsieur.

LYSIMON.

Ces petites manieres-là ne me conviennent point.

NERINE.

Les vôtres ne m'accommodent pas davantage.

LYSIMON.

Tu sçais la consideration que je témoigne à Julie, & les bontez que j'ay pour toy.

NERINE.

Oüi. Vous venez de faire sortir ma Maîtresse du Convent pour la retirer chez vous. Vous nous avez habillées de deüil depuis les pieds jusqu'à la tête, parce que sa Mere vient de mourir. Mais au retour de nôtre Oncle qui est aux Indes, vous serez bien payé de vos avances, & vous sçavez que qui s'acquite ne doit rien.

LYSIMON.

Voilà le langage des ingrats. Peut-on jamais payer ce que je fais pour Julie. Je veux qu'elle ait de la reconnoissance, & qu'elle m'en donne des témoignages.

NERINE.

Que faut-il faire pour cela ?

LYSIMON.

M'aimer.

NERINE.

Oh, c'est trop. Vous demandez une chose impossible.

LYSIMON.

Comment impertinente ?

NERINE.

Mettez la main sur la conscience. Est-il possible d'aimer un homme bilieux & colere, qu'une vetille met en fureur, qui rompt en visiere à tout le monde, & qui querelle depuis le matin jusqu'au soir ? Tout ce qu'on peut faire pour vôtre service, c'est de vous craindre, & de vous donner au diable entre cuir & chair.

LYSIMON *à part.*

Elle a raison. D'ailleurs il faut filer doux, j'ay besoin d'elle. Oh ça revenons à nôtre affaire. La Mere de Julie étant morte, tu sçais qu'elle n'a plus de Parens ni d'appui qu'un Oncle qui est aux Indes, & qui m'a prié de la retirer chez moy jusqu'à son retour.

NERINE.

Je sçay cela.

LYSIMON,

Mais ce que tu ne sçais pas, c'est que par un Vaisseau qui arriva dernierement, il m'envoya un pouvoir de marier Julie.

NERINE.

Le bon Oncle. Il songe à tout. Il n'est pas content d'avoir fait tenir cinquante mille écus à sa niéce. Il prétend qu'elle en joüisse avec un aimable Associé. Il sçait les besoins de nôtre sexe, il y compatit. Il veut prévenir l'impatience de Julie. Il songe qu'elle à vingt-cinq ans, & que c'est l'âge où on ne

peut plus attendre. Oh cet homme-là connoît bien
la nature !

LYSIMON.

Oh çà , parle moy sincerement. Julie n'a-t-elle
point quelque inclination ?

NERINE.

Vraiment ; est-ce qu'une fille peut vivre sans cela ?
Il y a environ trois ans qu'il vint un jeune homme
au Convent où étoit ma Maîtresse.

LYSIMON.

Ces enragez-là se fourent par tout.

NERINE.

Il s'appelloit Leandre.

LYSIMON.

Son nom ne fait rien à l'affaire.

NERINE.

Dès qu'ils se virent, ils s'aimerent éperdûment.

LYSIMON·

Tant pis.

NERINE.

Ils firent plus.

LYSIMON.

Comment diable ? Et quoy donc ?

NERINE.

Ils voulurent s'épouser ; mais quand il fallut venir au fait , Leandre apprit que Julie n'avoit point
de bien , & qu'elle ne subsistoit que d'une pension
que luy faisoit son Oncle, depuis que sa Mere l'avoit
laissée à Paris , sans dire à personne où elle étoit
allée.

LYSIMON.

Et le jeune homme étoit-il riche ?

NERINE.

Pour tous biens presens & à venir , il avoit un
grand fond de tendresse & de beaux sentimens.

GERONTE.

Belle provision pour le ménage.

NERINE.

Cela les fit réfoudre à fe féparer. Leandre partit dans le deffein de mourir, ou de revenir affez riche pour époufer Julie. Depuis cela nous n'avons point eu de fes nouvelles.

LYSIMON.

Je m'en réjoüis. C'eft quelque jeune fripon qui vouloit l'attrapper.

NERINE.

Il avoit un valet nommé Crifpin, qui étoit un aimable garçon.

LYSIMON.

Il te plût?

NERINE.

Faut-il le demander? Une fuivante aime toûjours le Valet de celuy qui foupire pour fa Maîtreffe. C'eft la regle.

LYSIMON.

Et dis-moy. Ta Maîtreffe a-t-elle toûjours de l'in-clination pour ce Leandre.

NERINE.

Miracle, c'eft une fille conftante. Pour moy, je n'ay pas fait de même. J'étois un peu preffée, & comme les abfents ont toûjours tort, Pafquin s'eft mis fur les rangs, & je l'ay bravement époufé.

LYSIMON.

Tu as bien fait. Ta Maîtreffe n'aura pas moins de courage.

NERINE.

C'eft felon. Quel eft le parti que vous luy defti-nez?

LYSIMON.

Premierement, celuy que je luy deftine n'eft pas un jeune homme.

NERINE.

Premierement, elle n'en voudra point.

LYSIMON.

Nous verrons. C'eft un homme entre deux âges;

qui eſt encore en état de la rendre heureuſe.

NERINE.

Ah Monſieur je tremble?

LYSIMON.

Qu'as-tu ?

NERINE.

Je croy que j'ay deviné.

LYSIMON.

Et cela te fait trembler ?

NERINE.

Oüi, je meurs de peur que ce ne ſoit vous qui veuilliez épouſer ma Maîtreſſe.

LYSIMON.

Il eſt vray, c'eſt moi-même.

NERINE.

Je ne m'étonne plus ſi j'étois de ſi mauvaiſe humeur. J'ay eu tous le jour un preſſentiment de ce malheur-là.

LYSIMON.

Impudente, je me laſſeray. . . .

NERINE.

Tenez, voici ma Maîtreſſe. Expliquez-vous avec elle.

SCENE VII.

LYSIMON, JULIE, NERINE.

LYSIMON.

OH çà, je n'ay pas de longs diſcours à vous faire. Je vais vous dire tout en trois mots. Je vous aime.

JULIE.

Vous êtes fort galant aujourd'huy. Nerine suis-je bien coeffée ?

NERINE.

A merveilles.

LYSIMON.

Voilà les femmes. Elles ne sont occuppées que de leurs ajustemens. Tréve de coëffure, il s'agit d'affaire serieuse.

JULIE.

Oh point de serieux je vous prie. Je veux me distraire de mes chagrins, & je ne cherche qu'à égayer mon imagination.

LYSIMON.

Ecoutez-moy de grace.

JULIE *à Nerine.*

Le deüil me va-t-il bien ?

NERINE.

Il vous pare tout à fait, & moy comment me trouvez-vous ?

LYSIMON.

J'enrage.

JULIE.

Je ne t'ay jamais vûë si jolie.

NERINE.

Cela doit être ; car je porte le deüil de bon cœur. Je ne le cache point, je suis ravie que vôtre Mere soit défunte. La vieille folle ! Vous abandonner à l'âge de dix ans, & cacher le lieu de sa retraite ! Se marier en secondes nôces, sans le mander à personne ! S'enrichir puissamment par ce second mariage, & au lieu de vous faire part du bien qu'elle a acquis, s'amouracher d'un jeune godelureau, le faire en mourant son légataire universel, & vous desheriter par son testament ! Oh si le diable ne l'a pas emportée, c'est qu'il aura craint qu'elle ne voulût l'épouser en quatriémes nôces.

JULIE.

Finissons, Nerine, & ne traitons jamais cette matiere.

LYSIMON.

Oui. Revenons à ce que je vous avois proposé, cela vaudra mieux.

NERINE.

Ecoutez, écoutez, Monsieur va vous dire de belles choses. Il veut vous marier.

JULIE.

Me marier ? Oh vous m'allez rendre d'aussi mauvaise humeur que vous.

NERINE.

Point, point, vous allez vous réjoüir, sauter, danser, quand vous sçaurez le parti qu'on vous propose.

JULIE.

Il faudroit que ce fût l'Amour même pour me faire oublier Leandre, encore ne sçay-je s'il en viendroit à bout.

NERINE.

Oh si celuy qu'on vous destine est l'Amour, il faut qu'il soit le pere de tous les autres.

LYSIMON.

Il est bien question d'amour, ma foy ; quand il s'agit de se marier. Il ne faut songer qu'à la raison.

JULIE.

Eh, Monsieur, si on ne songeoit qu'à la raison, on ne se marieroit jamais.

LYSIMON.

Corbleu, vous plaît-il de m'entendre ?

JULIE.

Volontiers. Dépêchez-vous de me faire vôtre proposition, afin que je me dépêche de vous refuser.

LYSIMON.

Oüi ! Oh bien, puisque vous le prenez sur ce ton-là, dépêchez-vous vous-même de m'obéir. Je parle en vertu du pouvoir en bonne forme que vôtre Oncle

m'a

m'a fait tenir. Je ne puis mieux m'en fervir que pour moy, & c'eft moy s'il vous plaift que vous épou-ferez.

JULIE.

Et moi, je vous réponds en vertu d'un pouvoir en bonne forme que la nature & la raifon m'ont donné, & je vous declare que j'aimerois mieux mourir que de vous époufer.

LYSIMON.

Vous retournerez donc dès ce foir au Convent. Il n'y a point de milieu. Prenez vôtre parti, fervi-teur.

***

SCENE VIII.

JULIE, NERINE.

NERINE.

Voilà un petit Amant bien poli.

JULIE.

Mais parle-t-il férieufement.

NERINE.

Très-férieufement. Il m'avoit déja fondée fur cela. Quel parti prenez-vous ?

JULIE.

Belle demande. Celui de retourner au Convent. Il y a long-temps que mon Oncle a mandé qu'il re-viendroit bien-tôt. Il me tirera d'efclavage.

NERINE.

Il faudroit trouver les moyens de refter ici, & de n'époufer point le bon homme.

JULIE.

J'en imagine un qui me paroift plaifant, mais il eft fcabreux.

C

NERINE.

Quel est-il ?

JULIE.

Dès le moment que je suis venüe céans, j'ay re-remarqué que Valere avoit de l'inclination pour moi.

NERINE.

Ah petite coquette !

JULIE.

Pour coquette, non, je ne le suis point, mais je suis un peu maligne. Pour me vanger de l'imperti-nente proposition du pere, j'ai envie de le mettre aux prises avec son fils. C'est un jeune fou qui fera toutes les extravagances que nous voudrons. Pen-dant leur demêlé, les choses demeureront suspenduës, & nous gagnerons du temps.

NERINE.

C'est bien dit. Il faut que je fasse entendre à Pas-quin que vous ayez de l'inclination pour son Maî-tre.

JULIE.

Mais ne lui confie pas que ceci n'est qu'une fein-te.

NERINE.

Je m'en garderai bien. Pasquin n'est pas discret.

JULIE.

Il faut donc que tu le trompe le premier. Pourras-tu t'y résoudre ?

NERINE.

Voyez le grand malheur. Il n'y a rien de si naturel à une femme que de tromper son mari. Retournez à vôtre appartement. Je vais trouver Pasquin ; pour le presser de faire agir son Maistre ; & je susciterai tant d'affaire au bon homme, que je lui ferai lâ-cher prise.

JULIE.

Mais nous allons mettre ici tout en confusion,

NERINE.

Tant mieux j'aime le défordre. Rien n'eft fi trifte qu'une maifon où tout eft d'accord, & il faut un peu de tracafferies pour égayer le commerce & ranimer la converfation. Cela fera plaifant. Un bon homme amoureux comme un fou. Un fils rival de fon pere ; Le pere brutal, le fils étourdi, une maiftrefie qui n'aime ni l'un ni l'autre, & qui les amufe pour gagner du temps ! Que je vais me réjoüir ! Je meurs d'envie de mettre la main à l'œuvre, & je n'ai jamais rien entrepris de fi bon courage.

Fin du premier Acte.

ACTE II.

SCENE PREMIERE.

VALERE, PASQUIN.

VALERE.

TU vois préfentément, Pafquin, fi j'avois tort de m'emporter contre luy. Vouloir époufer Julie ! Cela crie vangeance.

PASQUIN.

Mais au fond, dequoy vous plaignez-vous ? Julie ne vous eft pas deftinée, & vôtre Pere n'a d'autre tort en ceci que celuy d'avoir perdu le fens & la raifon.

VALERE.

Oh parbleu, j'auray foin de fon honneur, & je ne fouffriray pas qu'il faffe une fottife.

PSQUIN.

Voilà un fils d'un bon naturel?

VALERE.

Ce qui me ravit, c'eft que Julie implore mon fecours. Que je vais faire enrager mon Pere!

PASQUIN.

L'entreprife eft loüable.

VALERE.

Tien, vois-tu, pour avoir Julie, j'affronterois le diable prefentement.

PASQUIN.

Nous verrons fi vous affronterez le bon homme.

VALERE.

Oh je t'en réponds. Ce n'eft pas que je fois fort entêté de Julie. Si mon deffein n'a pas un heureux fuccès, je ne m'en défefpereray point, & je me rabattray fur Angelique. Mais je me fais un plaifir de traverfer mon Pere. Il me querelle fans ceffe. Il ne me donne point d'argent ; je mourois d'envie de m'en vanger. En voici l'occafion , je ne la manqueray pas. Je veux eftre auffi affidu auprés de Julie, faire autant de démarches pour l'obtenir, que fi je l'aimois à la fureur.

PASQUIN.

Sçavez-vous ce qui arrivera de tout cela ? Vous défolerez Lyfimon.

VALERE.

Tant mieux.

PASQUIN.

Vous n'obtiendrez point Julie.

VALERE.

Je m'en confoleray.

PASQUIN.

Et Angelique vous plantera-là.

VALERE.

Je l'en défie. Je connois son foible pour moy. Lorsqu'une femme s'avise de m'aimer, cela tient furieusement. En tout cas le plus grand malheur qui puisse m'arriver, c'est de n'estre point marié. Tant mieux. J'en seray plus libre.

PASQUIN.

Dites plus libertin. Car ce n'est que dans l'espoir de vous rendre moins fou, que vôtre Pere veut vous donner une femme.

VALERE.

Vingt femmes à la fois ne me fairoient pas changer de methode. Il n'y a rien de si doux, rien de si agréable, que de ne faire que ce que l'on veut, & de se moquer du qu'en dira-t-on; & rien de si sot & de si ennuyeux que d'estre esclave de sa réputation. Va, j'ay de bons Amis qui me forment l'esprit.

PASQUIN.

Vrayment ils ont fait un fort joli garçon, & vous estes leur Chef-d'œuvre. Mais si vous persistez dans le dessein d'épouser Julie, je vous averti que vôtre Pere n'est pas le seul que vous ayez à combattre. Je crains pour vous un autre diable qui ne vous donnera pas moins de tablature.

VALERE.

Quel est-il?

PASQUIN.

C'est Madame la Comtesse. La chronique scandaleuse du Païs d'Anjou nous assure qu'elle a eu l'honneur plus de vingt fois en sa vie de rosser vigoureusement Mr de la Pepiniere son trés-honoré Mary.

VALERE.

Je ne seray pas si patient que luy, & je me demêleray bien de tout cela.

PASQUIN.

Oh ça, vous voilà donc entré en lice. Tenez-vous ferme sur vos étriers, car voici Madame la Comtesse

qui vient jouter contre vous. Apparemment qu'elle
fçay déja de vos nouvelles.

SCENE II.

LA COMTESSE, VALERE, PASQUIN.

LA COMTESSE.

QUe faites-vous là, Monsieur? Pourquoy n'estes
vous pas auprés de ma fille? Faut-il qu'elle
vienne vous chercher?

VALERE.

Vous m'avez défendu, Madame, de me trouver
teste à teste avec elle.

LA COMTESSE.

Est-ce que je la quitte jamais?

VALERE.

Je craignois que vous ne fussiez en ville.

LA COMTESSE.

Vous estes devenu bien circonspect. Je ne m'étonne plus si ma fille se désole. Je ne voulois pas ap-
puyer ses soupçons, mais je voy qu'ils ne sont que
trop bien fondez.

VALERE.

Comment donc Madame?

LA COMTESSE.

Ah je ne puis plus douter de vôtre indifference
pour elle. Apparemment que vous avez oublié de
quel sang elle est née. Mercy de moy, si Bertrand de
la Pepiniere Grand-Pere de son Trisayeul estoit encore en vie, il vous apprendroit le respect que vous
devez aux personnes de sa Race.

VALERE.

Eh Madame, il n'est point question ici de Genealo-
gie, & s'il s'agissoit de disputer d'Ancestres . . .

PASQUIN.

Nous avons dans nôtre famille un certain Guil-
laume, qui vaut bien vôtre Bertrand, sur ma parole.

LA COMTESSE.

Plaisante Noblesse que celle de ce Païs-ici, où
l'interest fait la plûpart des mariages.

PASQUIN.

Il est vray que depuis l'alliage des Traitans, nous
avons du costé de nos Meres moins de Guillaumes &
de Bertrands, que de Champagnes & de Poitevins.

LA COMTESSE.

Et parce que vous n'avez pour tout mérite que celuy d'estre gens de Cour, vous prétendrez, mes petits Messieurs,...

VALERE.

Eh palsanbleu, Madame, pour qui me prennez-
vous donc? Pour un Celadon? Il me semble qu'Angelique n'a pas lieu de se plaindre. Il y a deux grands
mois que je l'aime.

PASQUIN.

Deux mois! Ce sont deux siecles pour des Amans
comme mon maistre.

LA COMTESSE.

Je vous entends, mon poulet, vous vous lassez
d'estre heureux, & de l'estre cent fois plus que vous
ne le meritez.

VALERE.

Je n'ay point mis dans mon marché que je l'aimerois toute ma vie, & tous les égards du monde ne me
feroient pas soupirer malgré moy.

PASQUIN.

Quand il y auroit vingt Bertrands dans vôtre famille.

LA COMTESSE.

Si bien que vous ne voulez plus l'aimer?

VALERE.

Je n'en sçay rien. Cela reviendra peut-être. Mais

pour aujourd'huy, je ne m'y sens pas de disposition.

PASQUIN.

Il y a des jours malheureux.

LA COMTESSE.

Voilà un discours bien impertinent, vous n'épouserez donc point Angelique?

PASQUIN.

Cela n'empêche pas.

LA COMTESSE.

Cela n'empêche pas?

PASQUIN.

Eh non. Est-ce l'amour qui fait les mariages? Au
contraire, on ne doit épouser que les personnes qu'on
n'aime point.

LA COMTESSE.

La maxime me paroist nouvelle. Oh bien dans
nos Familles nobles de Province, le mariage &
l'amour ne vont jamais l'un sans l'autre.

PASQUIN.

Il y a plus de deux Siecles qu'ils ne se sont trouvez ensemble dans la Famille de Monsieur.

LA COMTESSE.

Jour de Dieu, quand il sera mon Gendre, je le feray marcher droit. Je veux que ma fille ait un mary
qui l'adore.

VALERE.

Cherchez vos benests en Province.

PASQUIN.

Chaque Païs, chaque mode.

VALERE.

Voulez-vous que je vous parle naturellement,
Madame? S'il se presente quelque autre parti que
moy pour Angelique, je vous conseille en ami, de
luy donner la préference.

PASQUIN.

Tenez, voilà le meilleur conseil qu'il donnera
peut-estre de sa vie.

LA COMTESSE.

Fort bien. C'eſt-à-dire, que vous manquez à vôtre
parole quand il vous plaiſt. Apparemment, c'eſt-là
encore une coûtume que vous avez heritée de vos
Anceſtres.

PASQUIN.

N'en doutez pas.

LA COMTESSE.

Voilà un beau titre. Pour moy, je ſuivray la coûtu
me des miens en pareille occaſion.

VALERE.

Quelle eſt-elle ?

LA COMTESSE.

Je vais vous la dire en deux mots. Quand on a
promis mariage à une fille de ma Race, & que la
choſe a fait du bruit dans le monde, nous ne diſpen
ſons jamais de tenir cette promeſſe. Cependant nous
ne prennons point les gens à la gorge. Nous avons
même l'honneſté de ne leur rien dire, s'ils ſont aſ
ſez hardis pour retirer leur parole. Nous obſervons
ſeulement un petite formalité.

PASQUIN.

Une petite formalité ?

LA COMTESSE.

Oüy. Si la fi le qui reçoit l'affront a ſon Pere vi
vant, il paſſe ſon épée au travers du corps de celuy
qui veut ſe dégager. S'il ne reſte qu'une Mere à la
fille, ſon plus proche Parent prend la place du dé
funt, il va trouver Monſieur l'Inconſtant, & il luy
brûle la cervelle d'un coup de piſtolet. Vous eſtes
l'Inconſtant ; Monſieur de la Pepiniere ne vit plus,
le couſin d'Angelique eſt céans ; vous entendez ce
que cela veut dire.

VALERE.

Dieu me damne, Madame, vôtre menace me
fait rire.

PASQUIN.

Et moy auſſi. Je la trouve bouffonne. Ah, ah,
ah, ah.

LA COMTESSE *luy donnant un foufflet.*

Tien, Maraut, apprends le refpect que tu me dois. Vous, prennez voftre parti, & que je fçache au plûtoft voftre réponfe. Simon, dans une heure vous ferez expedié. Adieu, Monfieur, je fuis voftre très-humble Servante.

SCENE III.

VALERE, PASQUIN.

PASQUIN.

Voilà la guerre declarée. Mais les premiers ac-tes d'hoftilité ont efté faits fur mon Territoire. Cela n'eft pas jufte pourtant, car je n'étois là que comme auxiliaire.

VALERE.

Elle eft vive au moins.

PASQUIN.

Parbleu je le fens bien. Mais je ferois confolé de ma difgrace, fi elle vous avoit un peu houfpillé.

VALERE.

A dire vray, je n'ay pas efté fans appréhenfion.

PASQUIN.

Voilà un caractere de femme bien fingulier.

VALERE.

J'avouë que fa folie m'étonne.

PASQUIN.

Elle vous fait peur aufli je gage.

VALERE.

Oh pour celuy-là, non ; c'eft l'affaut qu'il faut que je livre à mon pere.

PASQUIN.

Il va faire le Demon quand il fçaura que vous

rompez avec Angelique, & que vous voulez luy enlever Julie. Le moyen de luy declarer cela ? Ma foy, l'action sera perilleuse.

VALERE.

Si tu voulois, Pasquin, essuyer la premiere bordée.

PASQUIN.

Belle proposition ! Vous n'estes pas content du soufflet que j'ay reçû de la Comtesse. Vous voulez attaquer vostre pere à l'abri de mes épaules, & que j'aille devant vous, comme un enfant perdu. Ah le voici lui même.

VALERE.

Je me retire, & je reviendray quand il aura jetté son feu.

SCENE IV.

LYSIMON, VALERE, PASQUIN.

LYSIMON à Valere.

AH c'est vous que je cherche, Monsieur. Demeurez.

PASQUIN.

M'en iray-je, Monsieur ?

LYSIMON.

Non, coquin.

PASQUIN à part.

Où me suis-je fourré ?

VALERE.

Que souhaittez-vous mon pere ?

LYSIMON.

Je viens d'apprendre de jolies choses. C'est donc

ainfi que vous avez profité de l'éducation que je vous
ay donnée ? Il faudra qu'inceffamment voftre conduite me faffe rougir ? Va, malheureux, je ne te reconnois plus pour mon fils.

PASQUIN *à part.*

Voilà un debut qui promet beaucoup.

VALERE.

Pour moy, mon pere, je vous reconnois toûjours.

PASQUIN *bas à Valere.*

Brave. Allons, animez-vous. Ne vous défaitez
point.

LYSIMON.

Que luy dis-tu ?

PASQUIN.

Je luy dis qu'il a grand tort.

LYSIMON.

Paffe de ce cofté-ci. C'eft donc pour me deshonnorer que vous manquez à voftre parole, & que vous
fauffez vos ferments.

VALERE.

Voilà bien du bruit pour une bagatelle ! Car je
voy que c'eft la Comteffe qui vous a parlé.

LYSIMON.

Vous traitez de batelle un procedé auffi indigne
que le voftre ? Cerbleu, de mon temps, un homme
qui auroit fait ce que vous faites, auroit efté obligé
de fe cacher pour toûjours.

PASQUIN.

La mode a bien changé. Il n'y a pas-là aujour-
d'huy de quoy faire foüetter un Page.

VALERE.

Affurément.

LYSIMON.

Un mot, Monfieur Pafquin.

PASQUIN *reculant au lieu d'approcher.*

Monfieur.

LYSIMON

LYSIMON *le saisissant.*

Approchez, vous dis-je. Ah vraiment, Monsieur, je suis bien aise que vous approuviez la conduite de mon fils, & que ses raisons soient honorées de vos suffrages. Je m'en estois douté. Cela merite récompense & vous serez payé dans un petit moment.

PASQUIN.

Monsieur, je ne suis pas interessé. J'aime mieux me retirer que de vous causer de la dépense.

LYSIMON.

Je puis faire celle-ci sans m'incommoder, & vingt coups d'étrivieres que je vais vous faire donner, ne me cousteront rien du tout. Tu ne m'échapperas pas. Valere, appellez mes gens.

PASQUIN.

N'en faites rien.

LYSIMON.

M'obéïrez-vous ?

VALERE.

Comment donc ? J'appelleray vos gens pour mal-traitter un homme qui n'est coupable auprès de vous, que parce qu'il soûtient mes interests ?

LYSIMON.

C'est pour cela qu'il merite d'estre assommé. Je voy bien que c'est ce coquin là qui vous gâte.

PASQUIN.

Moy, Monsieur ? Vous me l'avez remis tout gâté, & je vous le rends tel que je l'ay reçû.

LYSIMON.

Je croy que tu plaisantes ?

PASQUIN.

Dieu m'en garde. Je ne plaisante plus depuis que je suis marié. Mais morbleu je suis las d'estre la victime des folies d'autruy, & si vous voulez bien épargner mes épaules, je vais vous découvrir la veritable cause des mauvais procedez de Monsieur vostre fils.

D 3

VALERE *à part.*

Ah le fcelerat ! Que vas tu dire ?

PASQUIN.

Haut. Toutes vos fottiſes. *Bas.* Laiſſez-moy faire.

VALERE *à part.*

Que luy va-t-il conter ?

LYSIMON.

Voyons, Monſieur le coquin, comment vous vous tirerez d'affaire.

PASQUIN.

Premierement, je luy dis tous les jours, prennez garde à ce que vous faites ; vous allez mettre Monſieur voſtre pere au déſeſpoir. Bon, me répond-il, je ſerois bien ſot de me contraindre. Mon pere eſtoit plus fou que moy dans ſa jeuneſſe. Des égrillards de ſon temps m'ont conté ſes fredaines. Il faut bien qu'il me paſſe tout ce que je fais, puiſque je luy pardonne tout ce qu'il a fait.

L'YSIMON *à Valere.*

Vous avez dit cela ?

VALERE.

Moy ? Si je ſçay....

PASQUIN.

Ce n'eſt rien que ceci. J'ay bien d'autres choſes à vous apprendre.

VALERE.

Le bourreau ! Monſieur ne l'écoutez pas.

PASQUIN.

Vous eſtes bien hardi de m'interrompre devant voſtre pere. Vous avez beau me faire des mines, il faut que je dévoile voſtre petit caractere.

VALERE.

Quelle trahiſon ! Mon pere je vais appeller vos gens.

LYSIMON.

Non, non, il n'eſt plus temps. Continuë mon enfant.

VALERE.

Je me retire donc.

LYSIMON.

Je vous ordonne de rester.

PASQUIN.

Sçavez-vous bien, Monsieur, que son moindre défaut est celuy d'extravaguer. Regardez moy ce jeune homme-là entre deux yeux ; je vous garentis qu'il a le cœur aussi mauvais que l'esprit.

VALERE.

Je n'y puis plus tenir ; il faut que je l'assomme.

LYSIMON.

Alte-là, Je le prends sous ma protection. Ce garçon-là est honneste homme.

PASQUIN.

Ah, Monsieur, vous ne me haïssiez que faute de me connoistre.

LYSIMON.

Cela est vray. Revenons à ce Cavalier-là.

PASQUIN.

Eh bien, Monsieur, sçavez-vous qu'il a eu l'insolence de me dire, à moy qui vous parle, que toute la difference qu'il y avoit entre vous deux, c'est qu'il laissoit bonnement éclater ses folies, & que vous aviez l'art de parer les vostres d'un dehors trompeux de sagesse & de gravité.

LYSIMON *a Valere.*

Comment, insolent. . . .

VALERE.

Quoy vous croyez que j'ay pû ? . . .

LYSIMON.

Vous n'en estes que trop capable, Monsieur le coquin. Mais sçachons un peu en quoy il fait consister mes folies.

PASQUIN.

Voici ce que c'est. Mon pere n'a-t il point de honte ? . . . (Ce sont ses propres termes que je vous rapporte en fidel Historien) de me reprocher de petites

faillies de jeuneſſe, luy que je voy ſur le point de ſe
deshonnorer par un mariage qui va le tourner en ridicule, & deſabuſer tout le monde de l'opinion qu'on
avoit de ſa prudence. Il y a dix ans qu'il eſt veuf. Il
n'y a pas ſix mois qu'il pleuroit encore ma Mere, &
qu'il nous diſoit d'un ton plein d'emphaſe; ſi jamais
je ſuis aſſez ſot pour prendre une ſeconde femme, je
vous permets de dire que la teſte m'a tourné. Eſt-il
poſſible que vous ayez dit cela, Monſieur;

LYSIMON.

Ce ne ſont pas-là tes affaires. Pourſui ſeulement.

PASQUIN.

Demandez luy le reſte, il vous le dira mieux que
moy.

LYSIMON à *Valere.*

Voulez-vous prendre la parole.

PASQUIN *fuiſans des ſignes à Valere.*

Parlez, Monſieur, parlez.

VALERE.

Oh parbleu, parle toy même. *A part.* Je
commence à démêler ſon adreſſe. Le tour eſt bon.

LYSIMON.

Il n'en eſt pas demeuré-là ſans doute,

PASQUIN.

Oh vraiment non, mais je l'ay bien chapitré, &
malgré quelques coups de baſtons qu'il m'a délivrez,
je luy ay parlé comme vous-même. Car tel que vous
me voyez, Monſieur, j'étois né pour eſtre pere, &
pour avoir des enfans libertins à moriginer. Que je
les aurois étrillez !

VALERE à part.

Le maiſtre fourbe que voi'là !

LYSIMON.

Mais enfin qu'a-t-il donc ajoûté ſur ce mariage ?

PASQUIN.

Rien. Mais j'ay découvert le motif qui l'anime ſi
vivement.

LYSIMON.

Quel est-il ?

VALERE à part.

Il vient au fait. Je tremble.

PASQUIN.

Tel que vous le voyez, il est amoureux de Julie.

LYSIMON.

De Julie ? Quoy pendart, fripon que vous estes ?...

PASQUIN.

Oh doucement, s'il vous plaist, s'il aime Julie, c'est un peu vostre faute.

LYSIMON.

Comment ?

PASQUIN.

Vous dites qu'Angelique à l'air Provincial. Cela luy a paru de même. Qu'elle a les manieres précieuses & affectées ; il luy trouve ces défauts. Julie vous paroist toute charmante, ses attraits frappent ses yeux. Sans cesse vous loüez son enjoûment, sa vivacité. Il ne parle que de son esprit agréable, & de sa bonne humeur. Le mérite de Julie vous égratigne le cœur, il perce aussi tost celuy de vostre fils. Vous voulez l'épouser, il la demande en mariage, & vous voyez bien que s'il fait une sottise, ce n'est que parce qu'il vous imite de trop près.

VALERE servant la main de Pasquin.

Que ne te dois-je point, mon cher Pasquin.

PASQUIN bas.

Taisez-vous, étourdi.

LYSIMON.

Que te dit-il ?

PASQUIN.

Il me prie de vous faire une petite proposition de sa part.

LYSIMON.

Quelle est-elle ?

PASQUIN.

C'est que vous fassiez un petit troc ensemble. Il

D iij

vous cede Angelique, à condition que vous luy ce=
derez Julie.

LYSIMON.

Ah je vous entends Messieurs les fripons, vous
estes tous deux d'intelligence.

VALERE.

Et bien oüi, mon pere, nous sommes d'accord
l'un & l'autre, & j'ay voulu par respect pour vous,
qu'il vous dît ce que je n'osois vous declarer.

LYSIMON.

Oh parbleu vous irez à S. Lazare, & toy coquin...
où vas tu ?

PASQUIN *s'enfuiant.*

Je m'en vais retenir sa chambre.

VALERE.

Palsanbleu nous verrons si vous épouserez Julie.

LYSIMON.

Attends impudent, attends que je t'assomme.

SCENE V.

LYSIMON, ANGELIQUE, VALERE.

ANGELIQUE.

Juste Ciel, que vois-je ?

LYSIMON.

Apprenez, Mademoiselle, apprenez que mon
coquin de fils....

ANGELIQUE.

Ah, Monsieur, je ne souffriray point que vous le
traitiez de la sorte.

LYSIMON.

Apprenez, vous dis-je, que cet insolent...

ANGELIQUE.

Vous m'offenſez en luy donnant de pareilles épi-
thetes.

LYSIMON.

Si vous ſçaviez à quel point d'effronterie...

ANGELIQUE.

Je ne puis vous écouter, Monſieur, tant que vous
parlerez de luy dans ces termes. Vous devez plus reſ-
pecter l'objet de ma tendreſſe, & jamais un galant
homme comme vous eſtes . . .

LYSIMON.

A l'autre, avec ſon Phœbus. Ventrebleu, je vous
dis . . .

ANGELIQUE.

Ah quel emportement ! Quelle fureur ! En verité
cela ne vous ſied point : Un pere de Famille doit
meſurer ſes diſcours, & conſerver toûjours ſon caractere.

LYSIMON.

Vous feriez mieux de vous défaire du voſtre, que
de me prêcher ſi mal-à-propos. Voulez-vous m'é-
couter ou non ?

ANGELIQUE.

Oüi, pourvû que vous parliez de Monſieur en termes plus honneſtes.

LYSIMON.

Soit. Je vous dis que ce fripon . . .

ANGELIQUE.

C'eſt encore pis.

VALERE.

Voici le fait en deux mots. Mon pere veut épouſer Julie. Dois-je ſouffrir cela ? Qu'en dites-vous,
Mademoiſelle ?

ANGELIQUE.

Julie ! en verité, Monſieur, je vous croyois plus
ſage. Il faut que je vous diſe en qualité de voſtre
très-humble ſervante, que voila une éclypſe totale
de bons ſens & de raiſon.

LYSIMON.

Et il faut que je vous réponde en qualité de voſtre très-humble ſerviteur, que vos ſpirituelles imperti-nences me mettent plus en fureur que les inſolences de ce coquin-là : Apprenez qu'il me demande Julie en mariage.

ANGELIQUE.

En mariage ! Pour un de ſes Amis apparem-ment.

LYSIMON.

Pour luy-même.

ANGELIQUE.

Vous luy faites tort. Je ne le croy point capable de manquer à ſa foy.

LYSIMON.

Je vous dis que cela eſt.

ANGELIQUE.

Je n'en croy rien.

LYSIMON

Oh je brûle tout vif. Parlez ; n'eſt-il pas vray que vous n'aimez plus Mademoiſelle, que vous avez du goût pour Julie, & que vous voulez l'épouſer.

VALERE.

Moy mon pere ! Avec voſtre permiſſion, je n'ay pas dit cela.

ANGELIQUE.

Je le ſçavois bien.

LYSIMON.

Tu ne l'as pas dit ſcelerat ?

VALERE.

J'ay dit que puiſque vous eſtiez dans le deſſein de vous remarier, je croyois que Mademoiſelle vous conviendroit mieux que Julie.

ANGELIQUE.

Moy, je conviens à Monſieur ?

VALERE.

Oüi. Vous avez tout l'eſprit, toute la modeſtie, toute la ſageſſe qu'il faut . . .

ANGELIQUE.

Cela suffit, je t'entends. Je voy bien que ce que l'ont m'a dit, Monsieur, n'est que trop veritable. Je defie toutes les femmes du monde de l'aimer plus que je l'aime : Mais ma tendresse ne me fera point courir après un infidel. Je le dégage de ses sermens, & je vais travailler à vaincre ma passion, pour le payer de toute l'indifference qu'il mérite.

SCENE VI.

LYSIMON, VALERE.

LYSIMON.

C'Est bien fait ; elle vous méprise, je la loüe.

VALERE.

Puisqu'elle prend si tost le parti de me méprifer, mon pere, vous voyez que mon changement ne luy fera pas beaucoup de peine. Elle vous a rendu vostre parole aussi-bien qu'à moy. Nous avons levé le plus grand obstacle. Car vous estes trop sage pour estre amoureux à vostre âge. Faites un leger effort pour un fils que vous aimez, cedez-moy Julie je vous en conjure.

LYSIMON.

Voulez-vous que je force son inclination ?

VALERE.

Vous ne la forcerez point.

LYSIMON.

Vous estes bien fat Monsieur mon fils. Je sçay qu'elle aime ailleurs.

VALERE.

Et moy je sçay qu'elle a du penchant pour moy : elle le cache de peur de vous déplaire, & de m'faite rompre un mariage que vous avez conclu, mais pour peu que vous daigniez seconder le desir qu'elle a de me rendre heureux, elle consentira volontiers de m'épouser.

LYSIMON.

La voici. Je vais la faire expliquer, & vous verrez que vous n'estes qu'un sot.

SCENE VII.

LYSIMON, JULIE, NERINE. VALERE.

LYSIMON.

Vous venez à propos, Mademoiselle.

JULIE.

Qu'avez-vous, Messieurs ! Vous me paroissez agitez l'un & l'autre.

LYSIMON.

Le moyen d'estre tranquile dans une Maison où vous estes ? Une jolie femme met le désordre par tout. Vous estes cause que mon fils me manque de respect.

VALERE.

Si j'ay pû vous offenser, mon pere, la cause en est trop belle, pour que vous ne me pardonniez pas.

JULIE à Nerine.

Ils sont broüillez, Nerine, nous gagnerons du temps.

LYSIMON.

Vous sçavez que je suis dans le dessein de vous épouser, & que je vous ay proposé cette affaire.

JULIE.

Oüi, Monsieur, vous m'avez fait beaucoup d'honneur & fort peu de plaisir.

VALERE *à part.*

Bien répondu.

LYSIMON.

Vous pourriez, ce me semble, parler plus honnestement.

NERINE.

Voulez-vous que Mademoiselle vous dise qu'elle vous aime ? Cela seroit obligeant, mais cela ne seroit pas veritable.

LYSIMON.

De quoy te mêles-tu ? C'est toy qui luy inspire l'éloignement qu'elle a pour moy.

JULIE.

Oh non, Monsieur, cela m'est venu tout naturellement.

VALERE *à part.*

Fort bien.

NERINE.

Vous voyez qu'il n'y a rien d'emprunté dans ce discours. C'est la pure nature Mademoiselle trouve qu'il n'y a nul rapport d'elle à vous ; que plus vous ferez d'efforts pour avoir son cœur & sa main, plus vous luy paroistrez ridicule & desagreable : que si vous la forcez à vous épouser, d'une très-honneste fille vous en ferez une très-malhonneste femme. Est-ce moy qui luy inspire tout cela ?

LYSIMON.

Et qui donc ?

NERINE.

C'est la nature. Mademoiselle jette les yeux sur vous & sur Monsieur vostre fils. Elle voit que vous avez l'air d'un pere de Famille : que Monsieur à l'air d'un homme qui doit songer à le devenir : que vostre temps est passé : qu'il entre dans le sien : qu'elle ne peut avoir que de tristes momens avec vous ... que

Monfieur peut luy en faire paff:r de fort agréables;
Eft-ce moy qui luy fait fentir tout cela ?

LYSIMON.

La coquine va dire encore que c'eft la nature.

NERINE.

Elle même. Quand elle parle il faut obéir. Oh elle
a de grandes influences fur les filles de fon âge. Je
fçay ce que c'eft, j'y ay paffé.

LYSIMON.

Mais fi je croy tout ce que l'on me dir, Mademoifelle, mon fils ne ma point impofé du tour, &
vous eftes affez folle po:ir l'aimer.

JULIE.

Je ne dis pas cela; mais fi les grands biens que je
dois avoir de mon Oncle, vous tentent jufqu'à vouloir qu'ils ne fortent pas de voftre Famille, j'aime
mieux les partager avec luy qu'avec vous.

NERINE.

Eh bien, tenez, c'eft encore la nature qui parle.
Direz-vous qu'elle à tort?

LYSIMON.

Oüi! Oh palfanbleu, Mademoifelle, je fçay le
moyen de vous punir de l'affront que vous me faites, & de vous faire repentir de voftre mauvais
choix.

JULIE.

Quelle punition voulez-vous donc m'impofer?

LYSIMON.

Elle fera plus grande que vous ne le croyez. Je
vous condamne à devenir la femme de ce Gentil-
homme-là, & à l'époufer dès demain. C'eft à luy
que voftre Oncle vous deftinoit, fi je le jugeois à
propos.

JULIE à *Nerine.*

Ah me voilà perdue !

VALERE.

Je triomphe.

NERINE,

NERINE.

Bon ne voyez-vous pas que Monsieur se moque de nous ?

JULIE.

Il est vray qu'il n'est pas homme à me témoigner tant de complaisance.

LYSIMON.

Cela est très-serieux. Je vous devine mieux que tous ne pensez ; vous voulez gagner du temps en nous amusant l'un & l'autre, mais vous n'avez que deux partis à prendre, ou d'estre demain ma femme, ou d'estre demain ma belle-fille. Je vous donne le bon jour.

SCENE VIII.

JULIE, VALERE, NERINE.

VALERE.

POur le coup me voilà sûr de vous épouser ; car je ne croy pas que vous balanciez entre mon pere & moy. Je ne l'aurois jamais soupçonné d'être si raisonnable.

JULIE à *Nerine*.

Ah Nerine ! Dans quel embarras me suis-je jettée moy-même.

NERINE.

Ma foy, Mademoiselle, puisque la faute est faite il faut la boire de bonne grace.

JULIE.

Je suis par mon imprudence, dans la necessité d'épouser Valere, où....

B

NERINE.

Voyez le grand malheur! je voudrois bien estre dans cette necessité-là, moy.

JULIE.

Je n'en feray rien cependant.

VALERE.

Vous consultez long-temps ensemble ? Parbleu ce seroit quelque chose de nôuveau de voir une personne de vostre âge mettre en comparaison le pere avec le fils. Je vous croy trop délicate & trop sensée pour me faire une pareille injure.

JULIE.

Eh bien, Monsieur, je vous épouseray, si vous portez la Comtesse & Angelique à vous rendre vôtre parole, & à venir me dire elles-mêmes qu'elles consentent à nostre mariage. Sans cela n'esperez rien. J'aime mieux souffrir toute sorte de persécutions que de m'unir avec un homme que je n'aime pas, & qui a d'autres engagémens. Adieu.

SCENE IX.

VALERE, NERINE.

VALERE.

Morbleu, je n'en veux pas avoir le démenti. Je l'épouseray pour la faire enrager aussi-bien que mon pere. Mais, Nerine, je te prie de m'écouter un moment. Comment se peut-il faire que Julie ne m'aime point ?

NERINE.

C'est qu'elle en aime un autre.

VALERE.

Qui est-il ?

NERINE.

Je vous feray son portrait en deux mots. C'est le plus joli homme du monde.

VALERE.

Ne sçay-tu point où il est ?

NERINE.

Eh non, de partout les diantres : nous ne sçavons ce qu'il est devenu le scelerat ! Nous abandonner de la sorte ! Mais cela doit-il m'étonner, tous les jolis hommes sont des fripons.

VALERE.

Oh çà, ma chere Nerine, il faut que tu entre dans mes interests, & que tu engages ta Maistresse à ne point exiger de moy, que j'obtienne d'Angeli-que & de sa Mere, qu'elles consentent à nostre ma-riage.

NERINE.

Julie ne fera rien sans cela. D'ailleurs je suis dans les interests de son Amant, moy qui vous parle.

VALERE *luy donne une bourse. Pasquin paroist & écoute.*

Tien, Nerine, prends ces trente pistoles, & ne me refuse pas la faveur que je te demande.

NERINE.

Monsieur vous me faites rougir, mais vous m'é-branlez terriblement.

VALERE.

Si cela ne suffit pas pour te toucher, je te feray tant de bien que tu seras au comble de tes vœux. *Il l'embrasse.* Allons, ma chere enfant, il faut se rendre.

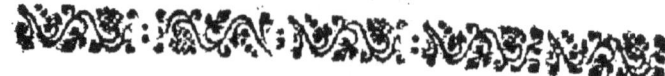

SCENE X.

VALERE, NERINE, PASQUIN.

PASQUIN *se mettant entre deux.*

AH je vous y attrappe, Monfieur mon Maî-tre.

NERINE.

Que veux-tu dire ?

PASQUIN.

Ce que je veux dire double fcelerate ? Je ne fçay qui me tient que je ne t'égrangle. Vous n'eftiez donc pas fur le point de vous rendre, & je n'ay pas entendu les Articles de la Capitulation ? Ah coquine défendre fi mal une place où refide mon honneur !

VALERE.

Eft-tu devenu fou ?

PASQUIN.

Avez-vous le diable au corps vous ? Morbleu, Monfieur, vous eftes mon maiftre, mais fur le fait de ma femme je n'entends point de raillerie.

NERINE.

En verité, mon mari, vous eftes bien fot.

PASQUIN.

Si je ne le fuis pas, je viens de l'échapper belle. Comment, Madame la coquine, vous mettez mon front à l'enchere, & vous m'en donnez pour trente piftoles.

VALERE.

Sçavez-vous maiftre fat que je ne fuis pas en-train de plaifanter ?

PASQUIN.

Sçavez-vous que je ne fuis pas entrain moy d'eftre

de la Confrerie, & quand vous feriez mon propre
pere, je ne le fouffrirois pas. Je vous connois ; vous
ne donnez pas trente piftoles à ma femme pour en-
filer des perles. Tien, Nerine, ne me refufe pas la
faveur que je te demande. Ah, Monfieur, vous me
faites rougir, mais vous m'ébranlez terriblement !
Voilà ce qui s'appelle les derniers abois de la fidelité
conjugale.

VALERE.

J'ay pitié de toy. Il eft vray que je luy demandois
une faveur ; c'eft celle de me rendre Julie favorable.

NERINE.

Oüi, Monfieur le benefts, voilà de quoy il s'agif-
foit, & vous eftes un fou qui prennez toûjours le
change.

PASQUIN.

Eh bien je croiray que je l'ay pris, pourvû que
vous me donniez les trente piftolles.

NERINE les luy donne.

Volontiers, s'il ne tient qu'à cela pour avoir la paix.

PASQUIN ferrant la bourfe.

Du moins je ne perdray pas tout, & en tout cas,
je ne feray pas le premier Mary qui fe fera confolé
de la forte.

VALERE.

Va donc parler à ta Maîtreffe.

NERINE.

Tout à l'heure. Et vous tâchez de perfuader Angelique & la Comteffe.

VALERE.

Adieu je m'en vais les trouver.

NERINE.

Allez, je vais rejoindre Julie.

PASQUIN.

Et moy je m'en vais les fuivre tout doucement
pour voir s'ils ne me dreffent point quelque embuf-
cade.

Fin du fecond Acte.

E iij

ACTE III.

SCENE PREMIERE.

JULIE, NERINE.

NERINE.

JE vous soutiens que j'ay raison, & que vous ne sçauriez mieux faire que de suivre mes conseils.

JULIE.

Tu as bien changé depuis une heure. Personne ne me parloit plus vivement que toy contre Valere, & tu veux presentement que je l'épouse.

NERINE.

C'est que je suis lasse de voir que vous vous morfondiez en attendant un petit infidele. Il n'y a rien de plus triste que l'estat d'une fille. Vous l'estes depuis vingt-cinq ans, & il y en a plus de six que vous enragez de l'estre. De vingt-cinq à trente, l'intervale est court. Insensiblement une fille arrive à quarante. La solitude où elle commence à se trouver alors, luy fait connoistre que le temps passé ne revient plus. Elle enrage de n'en avoir pas profité. Tout l'avertit qu'elle est dans son Automne. Triste Autom ne qui ne porte point de fruits, & la menace d'un hyver prochain qui n'en produira jamais.

JULIE.

Je ne t'ay jamais vûë fi éloquente, & l'exhortation que tu viens de me faire eft une Oraifon, dans toutes les formes.

NERINE.

Prenez garde que ce ne foit l'Oraifon Funebre de vos charmes.

JULIE.

J'en ay fort peu, Nerine, & je fens bien que ce peu doit diminuer après un certain temps ; mais j'aime beaucoup mieux n'eftre point pourvûë, que d'épouser un homme que je n'aime pas.

NERINE.

Ah fi vous fçaviez ce que c'eft que d'eftre fille toute fa vie !

JULIE.

Le grand malheur ! Ne femble-t-il pas qu'un Mari foit quelque chofe de bien précieux ? Je fçay ce qui fe paffe dans le monde. Qu'eft-ce qu'un Mary ? C'eft un homme qui vous a aimé tout au plus, lorfque vous n'eftiez pas fous fes loix , & qui vous honore de fon indifférence du moment que vous y eftes. Si par un miracle qui ne fe voit guere, il vous aime encore après le mariage, c'eft le cenfeur de tous vos difcours, c'eft le contrôlleur de toutes vos actions. Le beau plaifir de fe marier pour eftre méprifée , ou pour effuyer d'éternelles perfécutions !

NERINE.

Fort bien ; vous declamez contre le mariage, & vous voudriez en courir les rifques avec Leandre.

JULIE.

Oüi, parce que je l'aime de tout mon cœur, & qu'il faut qu'une fille fe marie. D'ailleurs je fuis fortement perfuadée que j'aurois moins de chagrins avec luy qu'avec un autre.

NERINE.

Mort de ma vie, ne vous y fiez pas ; il n'y a qu'une ame pour tous les Maris. Mais suppofons l'impoffi- ble, je ne voy nulle apparence à voftre bonheur. Leandre ne revient point ; felon més conjectures, il ne reviendra jamais, Avec toutes vos chimeres vous mourrez fille, c'eft moy qui vous le prédis.

JULIE.

Eh bien, je mourray ma maiftreffe.

NERINE.

Cependant vous avez donné voftre parole à Va- lere.

JULIE.

Oüi, s'il obtient le confentement de la Comteffe. Je la connois, elle ne le donnera jamais, & Leandre aura le temps d'arriver, avant que tout ceci foit terminé.

NERINE.

Le faux-fuyant eft admirable ; mais Dieu fçait fi Lyfimon l'approuvera. Il fulminera contre vous. Le voici ; vous allez voir beau jeu.

SCENE II.

LYSIMON, JULIE, NERINE.

LYSIMON.

JE viens vous remercier, Mademoiselle.

NERINE.

Oh oh, le voilà bien radouci ?

JULIE.

Et de quoy, s'il vous plaift ?

LYSIMON.

De ce que vous ne voulez point épouser mon fils qu'il n'ait le consentement de la Comtesse. Cela me console du mépris que vous avez pour moy, car je sçay que la Comtesse se croiroit deshonorée, si Valere n'épousoit pas sa fille, & quelques sujets qu'elle ait de se plaindre de luy, elle ne sortira point d'ici qu'il ne soit son Gendre, Au fond elle a quelque raison ; car l'affaire a èclaté dans le monde, & toute la Province luy en a fait compliment.

JULIE.

De tout cela je conclus que vous serez charmé que je n'épouse point Monsieur vostre fils.

LYSIMON.

Vous n'en devez pas douter , & c'est vous qui en feignant de le souhaitter , m'avez mis dans la necessité d'y consentir par dep't. L'obstacle que vous avez fait naistre fort à propos, nous tirera d'affaire vous & moy. Voici la Comtesse qui vient se plaindre sans doute de ce que je donne les mains aux desseins que mon fils à sur vous. Plus elle fera de bruit & d'éclat , plus j'auray de raisons pour me dedire & pour obliger Valere à retourner du costé d'Angelique.

SCENE III.

LA COMTESSE, JULIE, ANGELIQUE, LYSIMON, NERINE.

LA COMTESSE.

Venez, ma fille, il faut faire voir à ces gens-là qui nous sommes.

NERINE.

Vous aurez satisfaction , Monsieur, je vous jure qu'elle va se donner carriere.

ANGELIQUE.

Faites leur bien entendre....

LA COMTESSE.

Reposez-vous fur moy. *A Nerine.* Que faites-vous-là mamie ? Sortez s'il vous plaist, & tout au plus viste.

JULIE.

Et de quel droit la chassez-vous, Madame ?

LA COMTESSE.

De quel droit, ma petite mignogne ? Par le droit qu'ont les femmes de ma condition de commander par tout où elles sont.

LYSIMON.

Madame vous estes dans ma Maison. Je pretends que Nerine demeure ici. Qu'avez-vous à dire à cela ?

LA COMTESSE.

Rien, sinon que vous estes un pauvre homme, & que vous vous laissez mener comme un Oyson.

ANGELIQUE.

De grace, ne vous emportez point & venez au fait.

LA COMTESSE.

J'y viens, ma fille, mais vous estes une sotte, une imbecille.

JULIE.

Ah, Madame, pouvez vous traiter de la sorte une fille aussi aimable ?

LA COMTESSE.

Ce ne font pas là vos affaires. Si elle vous ressembloit, je luy tordrois le cou.

JULIE.

Comment donc, Madame, prenez garde à ce que vous dites.

LYSIMON.

Madame la Comtesse, je perdray patience à la fin.

LA COMTESSE.

Perdez-là, Monsieur, perdez-là ; c'est ce que je

demande. Nous verrons qui la perdra plus de nous
deux.

ANGELIQUE.

Vous m'aviez tant promis de vous moderer.

LA COMTESSE.

Est ce que je ne me modere pas ? J'admire mon
sang froid. Si je faisois mon devoir, je mettrois ici
tout sans-dessus-dessous. Mais vous le voulez, ma
fille, il faut estre sage & prudente. Je n'ay de vo-
lontez que les vostres. *Elle pleure.* Je vous aime
trop, c'est mon desespoir.

LYSIMON.

Aurez-vous bien-tost fini vostre préambule ? De
quoy s'agit-il ?

LA COMTESSE.

De vous taire & de m'écouter. J'ay souffert vos
brusqueries pour l'amour de ma fille, & de mon
procès. Il faut que vous souffriez les miennes à vostre
tour. Vous le merirez bien. N'avez-vous point de
honte de vous laisser gouverner par vostre fils, & de
souffrir qu'il s'enteste d'une petite coquette qui vous
fait tourner la cervelle à tous deux ?

JULIE.

Je n'y puis plus tenir, & vous me ferez raison de
ces discours offençans.

LA COMTESSE.

Comment une creature comme vous moitié No-
b'e, moitié Bourgeoise, aura l'audace de demander
raison, à une personne de ma qualité. A moy qui
sors d'une race plus ancienne que nostre Province ?
Allez ma mie, apprenez à vous connoistre.

ANGELIQUE.

En verité, Madame, vous me desesperez.

LYSIMON.

Oh ça finissons, s'il vous plaist ; ce n'est point à
Mademoiselle qu'il faut vous prendre de l'infidelité
de mon fils. Bien loin d'y avoir la moindre part,
elle luy a declaré qu'elle ne l'espouseroit point qu'elle

n'euſt voſtre conſentement & celuy d'Angelique. Ce n'eſt que ſur ce pied-là que j'ay donné le mien. Ainſi vous eſtes toûjours la maiſt eſſe, & les choſes ne dépendent que de vous.

LA COMTESSE.

Oh vrayment, non, je ne ſuis pas la maiſtreſſe. Si je l'eſtois je ferois beau bruir, mais voilà ma fille qui me gouverne, car chacun eſt gouverné dans ce monde. Elle tient de ſon pere, elle n'a point de vigueur. Elle a la lâcheté de conſentir que Valere épouſe Mademoiſelle, mais il aura affaire à moy, & je prétends qu'il l'épouſe mort ou vif.

ANGELIQUE.

Ce n'eſt point par lâcheté, Madame, que je permets à Valere de me trahir. Il a jetté les yeux ſur une autre, il n'eſt plus digne de moy.

LA COMTESSE.

Mais vrayment, ma fille, je croy que tu as raiſon. Oüi, oüi, il faut payer le mépris par le mépris.

ANGELIQUE.

Vous en eſtiez convenuë avec moy.

LA COMTESSE.

Je l'avois oublié.

ANGELIQUE.

Finiſſons honneſtement, & nous retirons au plus viſte.

LA COMTESSE.

Honneſtement, c'eſt bien dit, Monſieur, voſtre fils eſt un ſot, il eſt tout fait pour Mademoiſelle, vous pouvez les marier quand il vous plaira, nous ne nous y oppoſons plus. Pour vous marquer que je vous dis vray, nous ne reſterons dans voſtre Maiſon que juſqu'à demain, & nous en ſortirons pour n'y rentrer jamais. Adieu.

LYSIMON.

Madame écoutez donc, je vous promets que mon fils....

LA COMTESSE

LA COMTESSE.

Non, Monfieur, nous n'en voulons plus. Allons
Mademoifelle, retirons-nous & gardez vous bien
de me parler jamais de cet indigne là.

ANGELIQUE.

Ne craignez aucune foibleffe de ma part, je croy
que je le haïs prefentement autant qu'il le merite.

꙳꙳:꙳꙳:꙳꙳ ꙳꙳:꙳꙳꙳:꙳꙳

SCENE IV.

LYSIMON, JULIE, NERINE.

LYSIMON.

Voilà toutes nos mefures déconcertées.

JULIE.

Je fuis au defefpoir ; je fouffrois patiemment toutes fes injures, dans l'efperance qu'elles fe termine-
roient par une fommation en bonne forme de luy
reftituer voftre fils , mais le prefent qu'elle s'eft re-
foluë de m'en faire me jette dans le dernier embarras.

LYSIMON.

Je ne fuis pas moins embarraffé que vous. J'ay
eu la fauffe fineffe de donner ma parole à mon fils ,
perfuadé que la Comteffe ne vous le cederoit jamais , fi je m'en dédis, il va prendre ce pretexte pour
faire tant de fottifes & d'extravagances que je feray
obligé de le desheriter. Un éclat de la forte achevera
de le perdre dans le monde, & quoy qu'il ne merite
plus ma tendreffe , je ne laifferay pas d'en eftre affli-
gé. Oh çà , ma chere Julie, je triomphe de la foibleffe que j'avois pour vous, dans l'efperance de
prévenir la perte de mon fils. Daignez me fecorder

F

je vous en conjure. Confentez à l'épouser. Je fuis
fûr que vos charmes, voftre bon efprit, voftre ver-
tû, le retireront de tous fes égaremens.

NERINE.

Alons, Mademoifelle, il faut vous rendre de bonne grace. Je vous feconderay, laiffez moy faire, & je
vous donneray de fi bons avis quand vous l'aurez
époufé, qu'il faudra qu'il devienne bon mary ou
qu'il déguerpiffe Ce ne fera pas le premier libertin
qu'une jolie femme aura réduit. En tout cas nous ferons deux, & il fera bien diable s'il l'eft plus que
nous.

JULIE.

Tu te trompes & tu veux me tromper moy-même,
Je ne puis envifager qu'avec frayeur, les fuites d'u-
ne pareille union. Cependant pour vous marquer
ma reconnoiffance, Monfieur, je feray mon poffible afin de m'y réfoudre. Mais je vous demande encore quelque temps, & je vous prie de me laiffer
ici pour rêver à cette affaire,

LYSIMON.

Volontiers; mais j'attendray voftre réponfe avec
impatience.

SCENE V.

JULIE, NERINE.

NERINE.

EH bien, Mademoifelle?

JULIE

Eh bien Nerine?

NERINE.

Serez-vous fage à la fin ?

JULIE.

Si je l'eftois moins je fuivrois tes confeils. Quoy tu veux que j'époufe un jeune étourdi, tout rempli de luy-même, amoureux par caprice, inconftant par habitude, débauché par temperamment : un fou rempli d'imperfections & de vices, & qui bien loin de faire fes efforts pour les cacher, a la fotte vanité de s'en glorifier, & de vouloir même qu'on les croye plus grands qu'ils ne font ?

NERINE.

Ce font pourtant ces hommes-là qui font tourner la tefte à la plûpart des femmes.

JULIE.

Ah Leandre, eft-il donc poffible que vous m'a-bandonniez ! C'eft vous qui avez caufé ma premiere paffion ; elle eft plus forte que jamais, malgré vôtre abfence, & vous me mettez dans la neceffité d'y renoncer.

NERINE.

Comment, vous donnez auffi dans le Phœbus ? Eh mort de ma vie, laiffez-la voftre Leandre ; il eft mort ou infidelle. Mais que vois-je ?

JULIE.

Qu'as-tu donc ?

NERINE.

Madame, c'eft Crifpin ?

JULIE.

Le Valet de Leandre ?

NERINE.

Juftement. Soutenez-moy, je n'en puis plus.

JULIE.

O Ciel ! Je ne fçay fi je dois m'affliger ou me re-joüir.

SCENE VI.

JULIE, NERINE, CRISPIN.

CRISPIN.

HOla ho, Laquais, Valets, Servantes ! Quelle diable de maison est-ceci ? Je n'y voy personne, & je croy que je la visiteray du haut en bas, sans trouver à qui m'adresser. Mais voici deux femmelles.... Eh parbleu, c'est Julie. J'apperçois aussi ma chere Nerine. Qu'avez-vous donc mes adorables ? Est-ce ainsi qu'on reçoit un homme de ma sorte ? Et songez-vous qu'il y a trois ans que vous n'avez eu le bonheur de me voir ?

JULIE.

C'est ton arrivée qui nous rend immobiles. Je suis si saisie que je ne puis dire un mot.

NERINE.

Ouf ! Ni moy non plus.

CRISPIN.

Deux filles qui n'ont pas la force de parler ! Voilà un prodigieux saisissement. Est-ce la joye, ou la douleur de me voir qui vous coupe la parole ?

JULIE.

Où est ton Maistre ? Que fait il ? Se porte-t-il bien ? M'aime-t-il toûjours. Parle donc.

CRISPIN.

Je n'ay pas la force de répondre. Il faut que j'embrasse Nerine, & puis je parleray comme un Livre. Allons, mon enfant, faites vostre devoir. Recevez, étouffez dans vos bras vostre futur Epoux.

NERINE

Ah mon pauvre Crispin, que je suis aise de te re-voir ! Mais. ..

JULIE.

Vous vous expliquerez tantost. Satisfait mon impatience.

CRISPIN.

Cela est juste, mais je voudrois sçavoir pourquoy Nerine....

JULIE.

Parle moy.

CRISPIN.

Tout à l'heure. Je vous diray donc.... Attendez, il faut que j'embrasse encore Nerine.

JULIE retenant Crispin.

Je me fascheray à la fin. Où est ton Maistre ?

CRISPIN.

A Paris. Nous venons d'arriver.

JULIE.

A Paris ! Quel comble de joye ! Que fait-il ? D'où vient n'est il pas ici ?

CRISPIN.

Mademoiselle, il se fait habiller pour paroistre plus décemment devant vous. Pour moy qu'aucun équipage ne défigure, & qui mourois d'envie de voir cette friponne-là , je suis accouru céans tout botté.

JULIE.

Tu m'as fait grand plaisir. Voilà vingt pistoles que je te donne pour ta bien-venuë.

CRISPIN.

Grand merci. *A Nerine.* Garde cela mon enfant pour ton habit de nôces.

NERINE *prend l'argent en pleurant.*

Ah ah !

CRISPIN.

Quelle diable de note ! Tu me reçoit froidement, & mon argent te fait pleurer.

E iij

JULIE.

Eh laisse-là Nerine, & parle moy de mes affaires.

CRISPIN.

Parbleu les miennes font auffi preffées que les vôtres,

JULIE.

Je perds patience. Leandre fe porte-t-il bien ?

CRISPIN.

Il creve de fanté. Vous l'allez voir tout à l'heure.

JULIE.

D'où vient qu'il ne m'a point donné de fes nouvelles depuis fi long-temps.

CRISPIN.

Il avoit juré que vous n'entendriez jamais parler
de luy, qu'il ne fut en eftat de vous époufer.

JULIE.

Ah tu me rends la vie. Qu'a-t-il fait pendant fon
abfence ?

CRISPIN.

Tout ce qu'il a pû pour faire fortune. Vous fçavez
que nous n'eftions partis que dans ce deffein-là, luy
pour vous mériter, Mademoifelle, & moy pour me
rendre digne de cette friponne-là.

JULIE.

Avez-vous réüffi ?

CRISPIN.

Ce n'a pas efté fans peine. Mais c'eft la faute de
mon Maiftre. Je voulois expedier. Je fçavois de certains tours d'adreffe, de petits jeux de main tout in-
nocens, qui ont la vertu de faire puifer dans le bien
d'autruy, comme fi vous puifiez dans le voftre. Mais
il ne fuffit pas pour cela d'avoir de l'adreffe, il faut
avoir du courage, fe mettre en tefte que tous biens
font communs, & que tout ce qu'on attrappe eft de
bonne prife.

JULIE.

E. Que voulois-tu luy confeiller-là ?

CRISPIN.

Ce qui se pratique tous les jours ; & dans Paris plus qu'ailleurs. Tous ces parvenus qui ont amassé tant de millions, n'ont réüssi qu'en suivant mes maximes.

JULIE.

Je connois Leandre ; il est incapable de s'avancer de la sorte.

CRISPIN.

Eh oüi, de par tous les diables, c'est ce qui a pensé le perdre. Il s'est toûjours piqué de suivre l'honneur. Le mauvais guide pour faire fortune ! Il vous mene droit à l'Hôpital. Aussi personne n'est plus la duppe de ce vieux fou-là, & quant à moy, j'ay rompu avec luy pour jamais. Autrefois à la Comedie, (car tel que vous me voyez, j'ay servi long-temps un Comedien, & je sçay toutes les belles pieces par cœur) j'ay oüi dire ce beau vers que je retiendray toûjours.
L'honneur est un vieux saint que l'on ne chomme plus.

JULIE.

Mais enfin qu'avez-vous fait depuis que vous estes partis d'ici ?

CRISPIN.

Voici le détail de nos avantures. D'abord que nous fusmes sortis de Paris, ... Nous fusmes tout étonnez de n'y estre plus.

NERINE.

Cela est admirable !

CRISPIN.

La parole te revient donc pour te moquer de moy ?

NERINE.

Allons fais ton voyage.

CRISPIN.

Me voilà parti. De Paris nous allasmes droit à Roüen. Testebleu qu'il y a de Normands dans cette ville-là !

NERINE.

Va, va, il n'y en a gueres moins ici.

CRISPIN.

Nous n'y fuſmes pas plûtôt arrivez, que nous ne
ſçûmes de quel bois faire flêche.

JULIE.

Comment ? Ton Maiſtre avoit cent piſtoles !

CRISPIN.

Il eſt vray ; mais à peine fut-il debotté, qu'impa-
tient de gagner une groſſe ſomme chemin faiſant,
il alla riſquer la ſienne ſur deux ou trois cartes. Il fut
ſec en moins de temps que je ne vous en parle.

JULIE.

Et que fiſtes vous donc dans une pareille extrémité ?

CRISPIN.

Ma foy nous mangeaſmes nos chevaux.

JULIE.

Vous mangeaſtes vos chevaux ?

NERINE.

Quel appetit !

CRISPIN.

Je veux dire que nous fuſmes obligez de les vendre pour ſouper. Après cela, vous jugez bien que nous
fuſmes mal à cheval. C'eſt pourquoy quelques jours
après nous nous traiſnaſmes à Dieppe, où nous nous
embarquaſmes pour l'Angleterre. C'eſt-là que le
bonheur nous en voulut. Dès que nous fuſmes à
Londres, mon Maiſtre alla viſiter un de ſes Parens
qui y demeure. Les premiers complimens, furent
ſuivis d'un emprunt de cent écus, avec quoy mon
Maiſtre alla faire reſſource. Il gagna mille piſtoles.

NERINE.

Allons, courage, mes enfans, vous eſtes en bon
train.

CRISPIN

Avec cette ſomme, nous crûmes avoir tout l'or

du Perrou ; Sçavez-vous l'usage qu'en fit mon Maître ?

JULIE.

Il ne me l'a point mandé.

CRISPIN.

Comme nous estions pressez de faire fortune, nous
nous associasmes avec un Banquier François fort
accredité , mais Gascon d'origine.

NERINE.

Fi ! mauvaise compagnie.

CRISPIN.

Nous voilà donc Banquiers. Vertubleu le bon
mestier. Je ne connois que celuy de Maltostier qui
vaille mieux L'argent pleuvoit de toutes parts.
Nous faisions bonne chere & grand feu. Nous en-
graissions à vûë d'œil. Pour moy, j'avois les joües
d'une demie aulne de large. J'ay bien maigri depuis
ce temps-là.

NERINE.

Il y paroist.

JULIE.

Que faisiez-vous de vostre argent ? Ton Maistre
joüoit-il ?

CRISPIN.

Souvent. & faisoit de gros gains, mais il mettoit
tout à la Caisse. Pour moy, j'escamottois de temps en
temps quelque vingtaine de pistoles que je mettois
dans ma Caisse à moy. Oh j'exerçois bien le talent de
partager le bien d'autruy. Quand la Caisse fut bien
pleine, mon Maistre voulut partager pour s'en revenir, & proposa la chose au Banquier de la Garonne. Il nous promit que deux jours après sans faute , il nous feroit nostre part.

NERINE.

Bon.

CRISPIN.

En effet , deux jours après il emporta l'argent &
nous laissa la Caisse.

NERINE.

Le fripon !

CRISPIN.

Jamais Caisse ne fut plus nette.

JULIE.

Après cela vous revintes en France apparemment.

CRISPIN.

Oûi. Sur mes crochets.

NERINE.

C'est-à-dire, aux dépens de ta Caisse à toy.

CRISPIN.

Justement. Nous volâmes à Bordeaux pour chercher nostre homme. Il estoit de cette ville-là. Nous
crûmes l'y trouver ; mais il n'y estoit point. Mon
Maistre pour se vanger, du moins en le deshonorant,
publia le tour qu'il nous avoit joüé. Un Egreffin parent de l'Affocié voulut prendre son parti, & cher-
cha querelle à Leandre. Leandre estoit de mauvaise
humeur. Il regala le Parent d'un soufflet. Le Parent
mit l'épée à la main. Il paya pour nostre Affocié.

JULIE.

Comment donc ?

CRISPIN.

Mon Maistre l'envoya dans l'autre monde pour
sçavoir si son Parent ne s'y estoit point caché.

JULIE.

Juste Ciel !

CRISPIN.

Nous decampâmes au plus viste, & pour nous
sauver, nous changeasmes d'habits & de nom. Enfin
après quelques autres avantures, nous avons trouvé
un séjour heureux, où sous nos noms empruntez,
nous nous sommes enrichis confiderablement. Mais
voici mon Maistre qui vous dira le reste.

SCENE VII.

JULIE, LEANDRE, NERINE, CRISPIN.

LEANDRE.

MEs yeux ne me trompent-ils point ? Eſt-ce vous que je voy, mon adorable Julie ?

JULIE.

Eſt ce vous que je revoy, mon cher Leandre ?

LEANDRE.

Oüi, c'eſt Leandre qui ne reſpire que pour vous,& qui même n'eſtime rien la fortune qu'il a faite, s'il n'a pas le bonheur de vous rendre heureuſe.

JULIE.

Je ne puis l'eſtre qu'avec vous. Que j'ay ſouffert de perſécutions ! Un peu plus tard arrivé vous ne me trouviez plus libre. On vouloit me forcer d'en épouſer un autre, une eſpece de Tuteur autoriſé par mon Oncle....

LEANDRE.

Ah, j'en ſerois mort de deſeſpoir. Il n'y a point d'extrémitez où je ne me fuſſe porté pour nous vanger de la violence qu'on vous auroit faite ; mais grace au Ciel, vous eſtes libre encore. Je reviens plus paſſionné que jamais ; & ce qui met le comble à mon bonheur, j'ay le plaiſir de vous retrouver fidelle. Tous mes vœux ſont accomplis.

JULIE.

Et les miens auſſi.

CRISPIN.

Nerine, prends pour toy tout ce qu'il dit à Mademoifelle, & je prends pour moy tout ce qu'elle luy répond.

NERINE *à part.*

Que je fuis malheureufe !

JULIE.

J'ay fçû vos avantures ; elles font fingulieres. La meilleure, c'eft que vous avez fait fortune.

LEANDRE.

Pouvois-je y manquer ? L'Amour me guidoit, & l'on vient toûjours à bout de ce que l'on entreprend fous fes aufpices. Mais belle Julie, voftre Oncle feroit-il mort ? Eft ce de luy que vous portez le deüil.

JULIE.

Non, je porte le deüil de ma Mere, elle eft morte depuis un mois.

LEANDRE.

Je vous en felicite. Car, felon ce que vous m'avez toûjours dit, c'eftoit la plus mauvaife Mere du monde.

JULIE.

Elle ne l'a que trop prouvé ; mais Leandre vous voilà dans un équipage bien lugubre. Portez-vous auffi le deüil ?

LEANDRE.

Ne vous l'a-t-il pas dit ?

CRISPIN.

Non. J'ay conté toutes vos avantures hors la derniere. Je l'ay laiffée pour la bonne bouche.

JULIE.

Eftes-vous en deüil, encore une fois ? . . .

LEANDRE.

Oüi.

JULIE.

Et de qui ?

LEANDRE.

De ma femme.

JULIE.

De voftre femme ? Ah infidel, vous eftes veuf !

CRISPIN,

CRISPIN.

Oüi, Dieu merci. Mais ne vous fâchez point. Ce mariage-là ne luy a pas fait faire la moindre infidelité. N'est-il pas vray, Monsieur ?

LEANDRE.

Oh je vous en réponds.

JULIE.

Vous vous estes-marié ?

LEANDRE.

Que vouliez-vous que je fisse ? J'arrive dans une ville de Province, sous un nom supposé. Je m'y trouve sans un sou. Je n'ay pas la moindre ressource.

CRISPIN.

Une jeune & tendre poulette âgée de soixante & dix ans, devient subitement amoureuse de luy.

LEANDRE

Elle estoit puissamment riche. Elle me donne tout son bien si je veux l'épouser ; je l'épouse, parce que je compte qu'elle n'a pas deux ans à vivre.

CRISPIN.

Pour vous rejoindre plûtôt, au bout de six mois ; nous la ruïnons, & nous l'enterrons qui plus est.

LEANDRE.

J'arrive ici chargé de ses dépoüilles.

CRISPIN.

Qu'il a fort mal gagnées, par parenthese.

LEANDRE.

Je viens les déposer à vos pieds, & vous me blâmez de ce que j'ay fait.

CRISPIN.

Ma foy il n'y a pas de justice à cela.

JULIE.

Je ne puis m'empécher de rire de cette avanture ; & je la trouve tout-a-fait plaisante.

NERINE.

Il faut luy pardonner pour l'invention.

G

JULIE.

Je luy pardonne aussi du meilleur de mon cœur.
Mais voici le Maistre de la Maison.

SCENE VIII.

LYSIMON, JULIE, LEANDRE, NERINE, CRISPIN.

LYSIMON à *Julie*,

JE viens vous apprendre une nouvelle qui vous
surprendra.

JULIE.

Quoy donc, Monsieur?

LYSIMON.

Vostre Oncle vient d'arriver. Il a profité de l'occasion d'un Vaisseau qui l'a fait partir plûtôt qu'il ne
pensoit.

JULIE.

Mon Oncle est ici! Ah Ciel!

LYSIMON.

Il vous attend dans mon Appartement. Je viens
de l'y recevoir.

JULIE.

Voilà un jour bienheureux pour moy.

LYSIMON.

Oüi, si vous vous faites un plaisir d'épouser mon
fils, car il le souhaitte passionnément, & c'est la
premiere chose qu'il m'a dite.

JULIE.

Je vais me jetter à ses pieds.

LEANDRE.

Voilà un obstacle que je n'attendois pas. Que je suis malheureux !

LYSIMON *à Nerine.*

Qui est ce jeune homme-là ?

NERINE.

Le diray-je, Mademoiselle ?

JULIE.

Je ne sçay, je crains.... Ah cruelle extrémité !

LYSIMON.

Qui estes-vous, Monsieur ? Que cherchez-vous dans ma Maison ?

LEANDRE.

Monsieur, j'y viens :...

LYSIMON *appercevant Crispin qui luy fait des reverences.*

Oh, oh, qui est encore ce visage-là ?

CRISPIN.

Monsieur, ce visage-là est vostre serviteur.

LYSIMON.

Mon serviteur à l'air d'un grand fripon.

LEANDRE.

Je réponds de luy.

LYSIMON.

Et qui estes-vous pour en répondre ?

LEANDRE.

Je suis un homme qui viens voir céans si Monsieur vostre fils sera assez hardi pour épouser Julie malgré moy.

LYSIMON.

Malgré vous ? Et qui vous autorise à parler de la sorte ?

LEANDRE.

Tout. Mon amour pour Julie. La tendresse qu'elle a pour moy. La foy que nous nous sommes donnée, & par-dessus tout cela, Monsieur, la resolution où je suis de mourir plûtôt, que de la ceder à qui que ce soit.

LYSIMON à *Julie*.

Mais de la maniere dont il parle, il faut que ce
soit ce Leandre dont vous m'avez parlé.

LEANDRE.

Oüi, Monsieur, c'est moy-même.

LYSIMON.

Parbleu, je suis charmé de vostre retour. Je crains
autant que vous, que mon fils n'épouse Mademoiselle. J'aime mieux que vous l'ayez que luy. Venez,
je vais vous presenter à Lycandre, & je joindray mes
instances pour vous à celles de Julie.

JULIE.

Ah, Monsieur, que je vous suis redevable! Leandre, donnez-moy la main.

LEANDRE à *Lysimon*.

Soyez sûr, Monsieur, que je ne mourray point
ingrat d'un bienfait si considerable.

LYSIMON.

Entrons, sans complimens.

SCENE IX.

CRISPIN, NERINE.

CRISPIN *retenant Nerine*.

Doucement, ma belle. Expliquons-nous presentement.

NERINE.

Une autre fois. Je vais rendre mes devoirs à l'Oncle de ma maistresse.

CRISPIN.

Ton premier devoir est de me parler. C'est donc
ainsi, ma Princesse, que tu me reçois après trois

ans d'abſence ? Eſt-ce que tu ne me reconnois pas ?
Je n'ay pourtant point changé, ſi ce n'eſt que je me
trouve embelli depuis noſtre départ.

NERINE *pleurant.*

Adieu, Criſpin, tu me fends le cœur.

CRISPIN.

Tu ne t'en iras point. Il faut que cette carogne-
là m'ait joüé quelque mauvais tour.

NERINE.

Separons-nous, mon enfant, je crains qu'on ne
nous ſurprenne enſemble.

CRISPIN.

Ah je voy ce que c'eſt. Le Patron du logis t'a lor-
gnée, & il te donne des gages apparemment.

NERINE.

Non, ce n'eſt point cela, mais c'eſt pis mille
fois.

CRISPIN.

Comment diable ? As-tu fait quelque folie pendant mon abſence ?

NERINE.

Helas oüi. J'ay fait la plus grande folie du monde. Dans le fond, je n'ay rien à me reprocher, mais
cela n'empêche pas que je ne ſois fort coupable.
Croy-moy, mon cœur, laiſſe moy-là, & ne me
revoy plus.

CRISPIN.

Que je ne te voye plus ? Il faut donc que je m'aille
le pendre.

NERINE.

Ah mon enfant, il vaudroit autant que tu fuſſes
pendu, que d'apprendre ce que tu veux ſçavoir.

CRISPIN.

Eh je ſuis voſtre valet. Allons, ſans façon, m'as-
tu fait quelque infidelité.

NERINE.

Oüi.

G iij

CRISPIN.

Oüi.

NERINE.

J'eſtois fille, cela me ſert d'excuſe.

CRISPIN.

Quoy après m'avoir aimé, quelqu'un a pû te
paroiſtre aimable?

NERINE.

Pas tout à fait, mais je n'ay pas laiſſé de me rendre.

CRISPIN.

C'eſt-à-dire qu'en m'attendant.

NERINE.

Tu ne devine pas? Je ſuis.... Je n'ay pas la force
d'achever.

CRISPIN.

Dis donc ce que tu eſt.

NERINE.

Je ſuis....

CRISPIN.

Quoy?

NERINE.

Mariée.

CRISPIN.

Mariée tout de bon?

NERINE.

Tout de bon.

CRISPIN s'appuyant sur elle.

Soûtiens moy, ce coup de foudre eſt grand
Il frappe d'autant plus, que plus il me ſurprend.

NERINE.

Oſte-toy delà, je crains que mon mary ne vienne.

CRISPIN.

Ton mary? Tu as un mary? Et qui eſt ce ſot-là
qui a pris ma place?

NERINE.

C'eſt un nommé Paſquin, le Valet du fils de la
Maiſ n.

CRISPIN.

Fuſt il le Valet de Belzebut, je luy couperay les oreilles. Eſt-il jaloux ?

NERINE.

Comme un Tygre.

CRISPIN.

Tant mieux, je veux le brûler à petit feu juſqu'à ce que je l'aſſomme.

NERINE.

Tu me fais trembler.

CRISPIN.

Mais dis moy, mon adorable, avois tu le diable au corps pour te preſſer ſi fort ?

NERINE.

Tu ne me donnois point de tes nouvelles ; c'eſt ta faute.

CRISPIN.

Mon Maiſtre me l'avoit défendu. Il craignoit qu'on ne découvrît ſon mariage, ſi on pouvoit ſça-voir où nous eſtions.

NERINE.

Que veux-tu ? La faute en eſt faite. Ton abſence me deſeſperoit. Je ſéchois ſur pied, je te croyois perdu ; & il ne me falloit pas moins qu'un mary pour me conſoler de ta perte.

CRISPIN.

Le bon cœur de fille ! Tu me perce l'ame. O ſort cruel !

NERINE.

O fortune traiſtreſſe !

CRISPIN.

Falloit-il crever deux chevaux en chemin, pour la trouver entre les bras d'un maroufle !

NERINE.

Falloit-il ceder à la rage d'eſtre mariée pour m'en mordre les doigts de ſi bon cœur ! Va-t'en, je ne puis plus ſoutenir tes plaintes, ni tes reproches.

7

CRISPIN.

Adieu, je vais traîner une mourante vie.... Jusqu'à ce que je puisse t'épouser en secondes nôces.

NERINE.

Va, je te donne ma foy que ce sera le plûtôt que je pourray. Touche-là.

CRISPIN.

De tout mon cœur.

NERINE.

Adieu trop aimable, & trop malheureux Crispin.

CRISPIN.

Adieu trop impatiente, & trop friande Nerine.

Fin du troisiéme Acte.

ACTE IV.

SCENE PREMIERE.

NERINE *seule.*

QUe je suis malheureuse ! Mon traiſtre de mary
m'écoutoit lorſque je parlois à Criſpin. Il a
entendu le marché que nous avons fait en nous ſépa-
rant, Je ne puis plus ſoutenir ſa vûë. Il me cherche
de chambre en chambre, d'étage en étage : où pour-
ray-je me cacher ? Mais je ſuis bien ſotte de craindre
tant ſes reproches. Que ne ſe fait-il aimer ce butord-
là ? Allons , allons , je veux luy montrer les dents &
luy faire voir que je ſuis femme.

SCENE II.

NERINE, PASQUIN.

PASQUIN.

AH vous voilà donc Madame la coquine ? Estes-vous bien lasse de me fuïr ?

NERINE.

Es-tu bien las de me chercher toy ?

PASQUIN.

As-tu la hardiesse de me regarder en face, après m'avoir fait un offense qui détruit les liens de l'union conjugale ?

NERINE.

Les beaux liens ? Le grand malheur quand ils seroient détruits ?

PASQUIN.

Sçais-tu bien que je suis ton mary ?

NERINE.

Oüi vrayment, je le sçay, c'est ce qui me désole.

PASQUIN.

Mais sçais-tu ce que c'est qu'un mary ?

NERINE.

Oh qu'oüi. Un mary, quand il te ressemble, est un personnage jaloux & bourru, C'est un espion perpetuel. C'est l'ennemi de la paix & de la tranquilité, C'est le centre de la bizarrerie. C'est un Tyran qui se fait craindre & qui ne se fait point aimer. C'est un esprit de travers qui donne un mauvais tour aux actions les plus innocentes. C'est une taupe pour ses défauts, & un Argus pour ceux de sa femme. C'est

un homme qui renonce à la complaisance & aux petits soins, qui ne cherche que soy dans ses plaisirs;
qui veut estre libre, & qui veut rendre esclave. C'est
un animal qui caresse par caprice, & qui mord par
habitude; & pour achever ton portrait en deux mots,
un Mary de ta trempe est justement ce qu'on appelle
le chien du Jardinier.

PASQUIN.

Quel flus de langue. J'auray beau voir, beau toucher au doigt, je n'auray jamais raison avec cette
carogne-là. Je n'ay qu'un mot à vous dire pour vous
confondre, Madame la friponne. Quand j'aurois
tous les torts du monde à vostre égard, n'avez-vous
pas fait pis que moy cent fois en vous promettant à
un autre de mon vivant.

NERINE.

Voyez le grand crime ! Ce n'est qu'une petite
précaution que j'ay prise, & qui ne te fait point de
tort.

PASQUIN.

Point de tort ? N'est-ce pas m'enterrer tout vif ?

NERINE.

L'imbecile ! Quand je me promettray cent fois,
en mourras-tu plûtôt. Tu n'as pas tant de complaisance.

PASQUIN.

Non morbleu, & je vivray pour te faire enrager.

NERINE.

Et moy pour te desesperer. Nous verrons qui
l'emportera des deux.

PASQUIN.

Tu enrageras.

NERINE.

Tu te desespereras.

PASQUIN.

Je seray veuf.

NERINE.

Je seray veuve. Ne suis je pas plus jeune que toy ?

& ne dois-je pas durer plus long-temps ?

PASQUIN.

J'y donneray bon ordre. J'ay des bras qui hafte-
ront ton départ.

NERINE.

Tu crois cela !

PASQUIN.

J'y compte fi bien que je vais retenir ma feconde
femme.

NERINE.

Ah fi l'on pouvoit le démarier, que j'aurois de
plaifir ! Tien je voudrois eftre la premiere qui en
amenât la mode.

PASQUIN.

Ah fi l'on eftoit veuf du moment qu'on le defire,
je l'aurois efté dès le lendemain de noftre mariage.

NERINE.

Laiffe-moy en repos, yvrogne, & va chercher ta
feconde femme.

PASQUIN.

Ofte-toy de mes yeux, fcelerate, & cours à ton
second mary.

NERINE.

Que ne l'eft-il déja ?

PASQUIN.

Que n'en fuis-je à mes fixiémes nôces ! Tu cher-
ches des yeux ton prétendu ; mais voilà une épée qui
m'en délivrera.

SCENE III.

✣✣✣ ✣✣✣✣✣ ✣✣✣✣✣ ✣✣✣

SCENE III.

VALERE, NERINE, PASQUIN.

VALERE.

EH bien, Pasquin, j'ay réüssi. Je vais épouser
Julie, & mon pere est au desespoir.

PASQUIN.

Ah vrayment, Monsieur, nous sommes bien
chanceux vous & moy, j'ay de belles nouvelles à
vous apprendre.

VALERE.

Quelles nouvelles ?

PASQUIN.

Apparemment que vous venez de dehors.

VALERE.

Oüi. Depuis que je suis sûr d'épouser Julie comme
je te l'ay dit, je me prepare à ce plaisir-là, par tous
ceux dont je puis m'aviser. Je viens de faire la plus
jolie partie du monde. Nous avons bû d'un vin rou-
ge de Sillery qui m'a bien donné de l'amour.

PASQUIN.

Vous avez fait sagement de vous fortifier le cœur
pour soutenir l'assaut que vous allez essuyer. Pendant
vostre absence il s'est passé bien des choses. Ma femme s'est assûrée d'un second Mary, & Julie a retrou-
vé son premier Amant.

VALERE.

Son premier Amant ?

PASQUIN.

Luy-même. Il est de retour depuis deux ou trois
heures ; & c'est Monsieur son valet qui est l'Adonis

H

de ma femme. Allez, ce sont des drôles qui font
bien de la besogne en peu de temps.

VALERE.

Parbleu nous allons voir beau jeu. Voilà une occasion digne de moy. Je prétens triompher, de mon
Pere, de mon Rival, & du cœur de Julie. Oh palsanbleu Monsieur le Soupirant, je vous envoyeray
faire vos doléances aux échos & aux rochers d'alen-
tour : où est-il ce petit Medor, je vais le faire chanter
sur le bon ton.

NERINE.

Prenez garde qu'il ne vous fasse chanter vous-même. Il entend la tablature, je vous en averti. Son-
gez plûtôt à gagner l'Oncle de ma Maîtresse. Il
vient d'arriver presque en même-temps que vostre
Rival ; & j'ay sçû qu'il vous destinoit sa niéce.

VALERE.

Tout de bon ?

NERINE.

Rien n'est plus sûr ? Voici l'Amant de Julie.

PASQUIN.

Et mon substitut avec luy.

NERINE.

Je me retire,

PASQUIN.

M'en iray-je aussi ?

VALERE.

Non, non, demeure.

SCENE IV.

LEANDRE, VALERE, CRISPIN, PASQUIN.

CRISPIN à *Leandre.*

QUoy, Monsieur, ce bourreau d'Oncle n'est arrivé que pour vous faire faire naufrage au port ?

LEANDRE.

Il n'a pas voulu m'écouter. Il a défendu à sa niéce de luy parler de moy. Il croit que la reconnoissance l'oblige à donner Julie au fils de Lysimon.

CRISPIN.

Le maudits vieillard !

VALERE à *Pasquin.*

Sa vûë pique mon amour propre, & j'ay peine à me retenir.

PASQUIN.

Et la vûë de son Valet me met en fureur.

LEANDRE.

Qui est ce jeune homme-là, Crispin ?

CRISPIN.

Il m'a tout l'air d'estre vostre Rival.

LEANDRE.

Je le reconnois à l'émotion qu'il m'inspire.

CRISPIN.

Vous voyez avec luy le Mary de ma Maistresse. Aidez moy à l'étrangler, je vous prie.

VALERE.

Peut-on sçavoir, Monsieur, ce qui vous amene ici ?

H ij

LEANDRE.

D'où vous viens cette curiosité ?

VALERE.

Vous ne me connoissez pas apparemment ?

LEANDRE.

Non, mais je soupçonne que vous estes le fils de Lysimon.

VALERE.

Vous l'avez dit ; vous estes dans la Maison de mon pere. Apparemment que vous ignorez mes desseins.

LEANDRE.

Pourquoy ?

VALERE.

C'est que je m'imagine que si vous les sçaviez, vous ne compteriez pas d'y demeurer long-temps, ni de nous honorer souvent de vos visites.

LEANDRE.

J'ay déja oüi dire depuis que je suis de retour, que vous aviez des engagemens avec une fort aimable personne, fille de mérite, & de condition : que cette fille se nomme Angelique, & que selon toutes les regles des procedez, vous ne pouvez vous dispenser de l'épouser.

VALERE.

Que je m'en dispense, ou non, vous n'y devez pas trouver à redire.

LEANDRE.

Il est vray que je prends peu d'interest à ce qui vous regarde. Epousez Angelique, manquez luy de parole, cela me sera fort indifferent : mais si vous ne rompiez vos engagemens que par de certains motifs que je soupçonne, je ne me contenterois pas de plaindre Angelique, & je m'interesserois vivement à vos actions.

VALERE.

Vous ?

LEANDRE.
Moy même.

VALERE.
Et de quel droit, je vous prie ?

LEANDRE.
Le voici. Je m'appelle Leandre J'adore Julie ; je me flatte d'en estre aimé. Je reviens pour l'épouser. S'il n'y a rien dans tout ceci qui vous blesse, il ne tiendra qu'à vous d'avoir place au rang de mes Amis, sinon, je sçay les moyens dont je dois me servir pour délivrer Julie de vos poursuites.

VALERE.
Voici ma réponse en deux mots. Mon pere vouloit me donner Angelique. Julie me paroist plus aimable, il consent que je l'épouse ; je l'épouseray. Et je m'embarrasse si peu de vos menaces, que je vais trouver l'Oncle de Julie pour luy demander sa parole.

LEANDRE.
Et moy je vous sui pour l'empêcher de vous la donner. Si vous l'emportez sur moy, vous ne joüirez pas long-temps de vostre bonheur.

✳✳✳:✳✳✳✳✳✳✳✳:✳✳✳✳✳✳✳✳:✳✳✳

SCENE V.

CRISPIN, PASQUIN.

CRISPIN *à part.*

C'Eſt à moy preſentement à bourrer mon homme.

PASQUIN *à part.*

Voici l'occaſion de vanger mon honneur,
Ils enfoncent tous deux leur chapeau, ſe regardent
fierement. Criſpin met des gands de buffle, &
Paſquin en fait de même, & dit enſuite :
Voilà un drôle qui me paroiſt vigoureux.

CRISPIN.

Voilà un Pendart qui fait bonne contenance !

PASQUIN.

Courage. N'eſt-ce pas-là cet homme qui eſt
amoureux de ma femme ?

CRISPIN.

Allons, mon enfant, de la vigueur. N'eſt-ce pas-
là ce maroufle qui m'a ſoufflé Nerine ?

PASQUIN.

C'eſt luy-même, & je ne l'ay pas aſſommé ?

CRISPIN.

C'eſt ſon Mary, & je laiſſe vivre ?

PASQUIN.

Allons, je vais l'expedier.

CRISPIN.

Je veux vaincre ou mourir.

PASQUIN.

Commençons par l'inſulter ; il faut que tous ſe

fasse dans les formes. Voilà un visage que je suis bien
las de voir.

CRISPIN.

Voilà un faquin qui me fatigue bien la vûë.

PASQUIN à part.

Cet homme-là n'entend point raillerie.

CRISPIN.

J'ay bien peur qu'il ne me preste le collet.

PASQUIN mettant la main sur la garde
de son épée.

Voyons s'il a du courage.

CRISPIN en faisant de même.

Tastons un peu sa vigueur.

PASQUIN.

Avance.

CRISPIN.

Avance toy-même.

PASQUIN.

Je t'attends.

CRISPIN.

Et moy aussi.

PASQUIN.

C'est à toy à m'attaquer.

CRISPIN.

Non, c'est à toy.

PASQUIN.

N'aye-je pas épousé ta Maistresse ?

CRISPIN.

Ne suis-je pas aimé de ta femme ?

PASQUIN.

Aimé de ma femme ! Oh pour le coup je suis en
fureur.

CRISPIN.

Il a épousé ma Maistresse ! Voilà ma colere au
point où je la voulois.

*Ils font mine de tirer l'épée, & ils s'écartent pour dire
ce qui suit.*

ij

PASQUIN.

Croy-moy, mon enfant, retire-toy.

CRISPIN.

Retire-toy toy-même.

PASQUIN.

Je ne te feray point de quartier.

CRISPIN.

Je vais te mettre sur le carreau.

PASQUIN.

Toy ? Tu n'est qu'un beliftre.

CRISPIN.

Tu n'eft qu'un miferable.

PASQUIN.

Un lâche.

CRISPIN.

Un poltron ?

PASQUIN *luy donnant un foufflet.*

Moy poltron ?

CRISPIN *le luy rendant.*

Moy lâche ?

Ils mettent l'épée à la main & fe pouffent en reculant.

PASQUIN.

Vous reculez.

CRISPIN.

Et vous auffi.

PASQUIN.

C'eft pour gagner du terrain.

CRISPIN.

Et moy pour mieux fauter.

*Ils s'avancent, & fe regardent tous deux en trem-
blant.*

PASQUIN.

Je tremble pour ta vie.

CRISPIN.

Et moy pour la tienne

PASQUIN *à part.*

S'il pouvoit s'enfuïr !

CRISPIN *à part.*

Si la peur le pouvoit prendre !

PASQUIN *à part.*

Ma valeur commence à me quitter.

CRISPIN *regardant de tous costez.*

Ne viendra-t-il personne pour nous séparer.

PASQUIN.

Il faut faire du bruit.

CRISPIN.

Je vais crier comme un diable.

ENSEMBLE *se poussant des bottes de loin.*

Point de quartier, Tuë, tuë, morbleu, tuë,

PASQUIN *à part.*

Il ne vient pas une ame.

CRISPIN.

Ils nous laisseront égorger. Ma foy puisqu'on ne vient pas nous séparer, je suis d'avis que nous finissions le combat.

PASQUIN.

Vous avez raison ; nous avons fait nostre devoir.

CRISPIN.

Je vous en réponds.

PASQUIN.

Vous m'avez donné un soufflet, je vous l'ay rendu chaudement.

CRISPIN.

Nous avons mis l'épée à la main, en braves gens.

PASQUIN.

Nous nous sommes battus comme des enragez,

CRISPIN.

La valeur ne peut pas aller plus loin.

PASQUIN.

Voilà tout ce qui s'y peut faire. Si vous voulez pourtant nous recommencerons.

CRISPIN.

Non, nous sommes d'égale force. Nous vous

batterions deux heures que nous ne nous tuerions
pas. Voilà assez de sang répandu.

PASQUIN.

Allons nous faire penser.

CRISPIN.

Allons plûtôt boire ; nous en avons besoin. La
valeur altere furieusement. C'est la coûtume des braves gens de boire ensemble après qu'ils se sont me-
surez.

PASQUIN.

Vous avez raison, mais auparavant il faut voir
ce qui se passe entre nos Maîtres.

SCENE VI.

LYCANDRE, LYSIMON, LEANDRE, VALERE, PASQUIN, CRISPIN.

LYCANDRE à Lysimon.

Rien n'est plus étonnant que l'histoire que vous
venez de me raconter, & le troisiéme mariage
de ma belle sœur est un chef-d'œuvre d'extrava-
gance.

LYSIMON.

Vous voyez qu'elle a vêcu folle, & qu'elle est
morte de même. Ce qui m'étonne, c'est que Julie
qui est fort sage, soit sortie d'une Mere qui l'étoit
si peu.

LYCANDRE.

Il y auroit bien des choses à dire sur ce sujet ; mais
il faut que je sorte.

LYSIMON.

A peine estes-vous arrivé.

LYCANDRE.

Sçavez-vous si le Duc de Sorriento est encore vivant ?

LYSIMON.

Qui ? Ce Seigneur Italien dont vous étiez Ecuyer, lorsque vous nous quittastes pour aller aux Indes ?

LYCANDRE.

Luy même,

LYSIMON.

Il est mort.

LYCANDRE.

Et son fils,

LYSIMON.

Il fut tué à la derniere Campagne de Flandre.

LYCANDRE.

Je respire. Me voilà défait de deux hommes qui m'estoient bien redoutables.

LYSIMON.

Pourquoy ?

LYCANDRE.

Vous le sçaurez.

LYSIMON.

Enfin de toute cette Famille, il ne reste qu'une fille du Duc qui est veuve, & qui n'a point d'enfans.

LYCANDRE.

Je ne pouvois apprendre une plus grande nouvelle. Il faut que j'aille trouver cette Dame, sans perdre un moment.

VALERE.

Avant que de sortir, Monsieur, il faut décider au sujet de Julie.

LEANDRE.

Oüi, Monsieur, reglez nostre sort, je vous en conjure.

LYCANDRE.

Cela sera bien-tost fait ; vous ne l'aurez ni l'un ni l'autre.

VALERE.

Ah, Monsieur, que dites-vous?

LEANDRE.

Il n'est pas possible que vous me refusiez.....

LYCANDRE.

Tous vos discours ne serviront de rien. Vous ne me convenez plus Valere, & je n'ay garde de donner ma Niece à un homme qui a d'autres engagemens; pour vous, Monsieur, je ne sçay qui vous estes, & on ne donne point à un inconnu, une fille comme Julie. Je viens de me souvenir qu'Oronte dont nous avons parlé, Lysimon, avoit un fils fort jeune lorsque je partis pour les Indes. Comme cet Oronte est le plus ancien de mes Amis, & l'homme du monde à qui j'ay le plus d'obligation, je veux relever sa Maison qui est fort en désordre, en donnant Julie à son fils s'il est honneste homme.

LEANDRE.

Souffrez que j'embrasse vos genoux, & que je vous rende grace pour mon pere & pour moy.

LYCANDRE.

Comment donc?

LYSIMON.

Que veux dire ceci?

VALERE.

Je tremble.

LEANDRE

Vous voyez en moy le fils d'Oronte pour qui vous avez de si bonnes intentions.

LYCANDRE.

Vous estes fils d'Oronte.

LEANDRE.

C'est ce qu'il me sera facile de prouver. Mon pere est ici. Je vais l'avertir de vostre retour, & le prier de venir me presenter à vous.

VALERE.

Le maudit incident!

LYCANDRE

LYCANDRE.

Certes, vous ne pouviez me surprendre plus
agréablement. Julie a de l'inclination pour vous ;
vous estes fils d'un homme que j'aime tendrement.
Dès aujourd'huy nous conclurons le mariage.

LYSIMON.

Vous voyez presentement Monsieur mon fils que
vous n'avez plus qu'à plier bagage. Croyez moy
prenez le parti de vous raccommoder avec Angelique.

VALERE.

J'enrage.

LYCANDRE.

Adieu, je vais trouver la veuve dont nous venons
de parler ; il faut que j'aye une explication avec elle,
avant que de marier Julie. Vous viendrez me trouver chez vostre Notaire. Je vous y attendray. En sor-
tant je vais annoncer à Julie, que je consens qu'elle
épouse Monsieur.

LYSIMON.

Je vous sui, pour vous demander quelques éclair-
cissemens sur ce que vous m'avez dit.

SCENE VII.

LEANDRE, VALERE, CRISPIN, PASQUIN.

LEANDRE à *Valere*.

JE ne reste ici que parce que vous y restez. On
m'accorde Julie ; vous sentez-vous d'humeur à me
la disputer.

VALERE.

Je vous la disputerois si elle estoit digne de moy ;

I

mais puisqu'elle s'obstine à se declarer pour vous, elle ne merite plus ma tendresse.   *Il sort.*

SCENE VIII.

LEANDRE, CRISPIN.

CRISPIN.

Quand il seroit Gascon, il ne se tireroit pas mieux d'affaire.

LEANDRE.

Je suis charmé que cela se passe de la sorte. J'aurois esté au desespoir d'en venir aux extrémitez, Son pere est galant homme, & je luy suis redevable de la protection qu'il m'a si genereusement accordée.

CRISPIN.

Je n'ay pas esté si prudent que cela moy.

LEANDRE.

Comment donc ?

CRISPIN.

Je me suis battu contre mon homme.

LEANDRE

Contre qui ?

CRISPIN.

Contre celui qui a épousé Netine. Je vous l'ay bourré.

SCENE IX.

JULIE, LEANDRE, NERINE, CRISPIN.

JULIE.

JE viens vous faire compliment, & recevoir le vostre. Mon Oncle consent à nostre mariage.

LEANDRE.

Je le sçay, belle Julie, & je viens de l'y déterminer.

JULIE

Que vous me rendez heureuse !

LEANDRE.

C'est moy qui suis le plus fortuné de tous les hommes.

NERINE.

Pour le coup voilà vos affaires en bon train. Vous n'avez plus d'obstacle à craindre.

CRISPIN.

Non, à moins que le diable ne s'en mêle.

LEANDRE.

Eh qui pourroit s'opposer à nostre félicité? Vous ne dépendez que de vostre Oncle. J'ay sa parole qu'il m'a donné par les motifs les plus pressans : vostre mere est morte.

JULIE.

Ah si elle vivoit qu'elle seroit fâchée de me voir heureuse !

NERINE.

Je voudrois qu'elle pût revenir au monde, afin que le dépit la fit crever une seconde fois.

I ij

LEANDRE.

Elle vous haïssoit donc furieusement ?

JULIE.

Il y a paru, puisqu'après m'avoir abandonnée, elle m'a caché son séjour pendant plus de douze ans, & qu'elle s'est remariée deux fois sans m'en avertir.

NERINE.

La vieille dénaturée !

LEANDRE.

Voilà un indigne caractere ! Je suis ravi de n'avoir jamais connu cette femme-là.

JULIE.

Peu de temps après vostre départ, j'appris où elle estoit, & je sçûs qu'elle n'avoit point de plus grande attention que de cacher son premier mariage, afin qu'on ignorât qu'elle eût une fille. Comme on ne la connoissoit point particulierement à Lyon, il ne luy estoit pas difficile de se faire croire.

LEANDRE.

A Lyon ? C'est à Lyon qu'elle demeuroit ?

JULIE.

Sans doute. C'est dans cette ville qu'elle a perdu son second mary.

CRISPIN.

Parbleu nous devrions l'avoir connuë. Apparemment qu'elle ne demeuroit pas dans le voisinage de Madame la Baronne de Saint-Aubin.

JULIE.

Comment, de la Baronne de Saint-Aubin ?

CRISPIN.

Oh diable, c'estoit une bonne femme celle-là. Dieu veuille avoir son ame, mais je luy ay bien escamotté des pistoles.

NERINE.

A la Baronne de Saint-Aubin ?

CRISPIN.

A elle-même. Demandez à Monsieur. Il estoit de moitié avec moy.

LEANDRE.

Tais toy Crispin.

CRISPIN.

Il falloit voir avec quelle ardeur nous plumions la vielle.

NERINE.

Entendons nous donc. Est-ce que tu connoissois cette Baronne-là ?

CRISPIN.

La question est plaisante Oh vrayment oüi je la connoissois, & mon Maistre aussi. C'estoit sa femme.

JULIE, & NERINE.

Sa femme ?

LEANDRE.

Oüi ma femme ? D'où vous vient donc cette surprise.

JULIE.

La Baronne de Saint Aubin ?

CRISPIN.

Oüi, la Comtesse de la Filandiere veuve d'un vieux Gentilhomme qui luy avoit laissé tout son bien en mourant, avoit épousé Monsieur qui se faisoit appeller le Baron de Saint Aubin ; c'est d'elle que mon Maistre est veuf, & c'est elle qui a fait nostre fortune.

JULIE.

Soutiens moy, Nerine, je suis morte.

LEANDRE.

Juste Ciel.

JULIE.

Ah malheureux qu'avez vous fait ?

LEANDRE.

Comment ?

JULIE.

Vous avez épousé ma Mere.

LEANDRE.

Vostre Mere ?

I iij

NERINE.

Oüi, la Comtesse de la Filandiere, c'estoit elle-même.

CRISPIN.

Ah c'estoit le diable !

JULIE.

Je sçavois depuis quelque temps que le jeune homme qu'elle avoit épousé à Lyon en troisiémes nôces s'appelloit le Baron de Saint-Aubin, mais helas je n'avois garde de m'imaginer que ce fût Leandre luy-même.

LEANDRE.

Je ne sçais ou j'en suis. Surpris, confus, deseperé .... Ciel puis-je découvrir cet incident sans mourir de douleur !

JULIE.

Quelle infortuné !

LEANDRE.

Quel funeste revers !

JULIE.

A-t-on jamais rien vû de pareil ?

LEANDRE.

Fut-il jamais un coup du sort plus bizarre & plus accablant ?

NERINE.

Par ma foy je tombe des nuës ! La maudite femme, elle a juré de nous persecuter, même après sa mort.

LEANDRE.

Ah c'est le nom de son second mary qui m'a trompé, & elle m'avoit caché toutes ses avantures!

JULIE.

Quoy me voilà séparée de vous, au moment où je ne pouvois plus douter d'estre unie avec vous pour jamais !.....

LEANDRE.

Je ne sçaurois survivre à mon malheur; il faut que je me punisse de la faute que j'ay faite.

JULIE *le retenant.*

Ah Leandre quel est vostre dessein.

LEANDRE.

D'expirer à vos yeux.

CRISPIN.

Quand vous vous tuerez, il n'en sera ni plus ni moins.

NERINE.

Voilà un obstacle que je n'aurois jamais prevû !

LEANDRE.

Par quels detours la fortune m'a conduit dans le précipice !

CRISPIN.

Oüi, la fortune par sa malignité fait voir dans cette occasion.... qu'elle est femme. Un maudit caprice la gouverne, & la noirceur de son influence, produit des évenemens bizarres, qui joints aux aspects d'une étoile infernale, vous font épouser de vieilles femmes qui sont meres de vos Maistresses, & vous conduisent par-là, dans un gouffre profond qui.... par ma foy je m'y perds.

LEANDRE *revenant de sa resverie.*

Pour me vanger de l'obstacle qu'une indigne mere fait naistre à nostre bonheur, je pretends faire pour vous ce qui la desesperoit si elle vivoit encore. Je veux en nous séparant pour jamais, vous donner tout le bien qu'elle m'a laissé.

JULIE.

Je n'en veux point, puisque je ne puis estre à vous. Quelles richesse me faut-il Leandre, pour passer le reste de ma vie dans un Couvent ?

LEANDRE.

Adieu, je m'en vais en des lieux, où je trouveray tant de perils, que je ne regretteray pas long-temps la perte irréparable que je fais.

SCÉNE X.

LYSIMON, JULIE, LEANDRE, NERINE, CRISPIN.

LYSIMON.

EH bien qu'eſt-ce, mes enfans, vous voilà au comble de voſtre joye. Vous ſerez mariez ſans nul obſtacle, & ſans que perſonne s'en afflige. Car je me rends à la raiſon ; je conſens volontiers au bonheur de Leandre, & je viens de raccommoder mon fils avec Angelique.

JULIE.

Ah, Monſieur, ſi vous ſçaviez...

LEANDRE.

Non, je n'en puis revenir.

NERINE.

Ni moy non plus. Quelle avanture diabolique!

CRISPIN *frappant du pied.*

Quel maudit contre-temps !

LYSIMON.

Que veut dire ceci ? Julie pleure. Leandre ſe deſeſpere, Nerine jure, & ce garçon-là ne ſe poſſede pas.

CRISPIN.

Le moyen de ne pas enrager ? Nous eſtions venus chez vous, mon Maiſtre & moy pour y prendre une femme.

LYSIMON.

Eh bien ?

CRISPIN.

Eh bien, j'ay trouvé ma Maiſtreſſe mariée, &

Monſieur ſe trouve veuf de la Mere de ſa Maiſtreſſe.

LYSIMON.

Il eſt veuf de la Mere de Julie? Et comment cela ſe peut-il?

CRISPIN.

Cela ſe peut, parce qu'il l'a épouſée, & qu'elle eſt morte.

LYSIMON à Leandre.

Parbleu, ſi cela eſt, vous eſtes un grand étourdi. Comment diable avez-vous pû faire un coup comme celui-là?

LEANDRE.

C'eſt une ſuite d'avantures qu'il faudra vous conter, mais ſoyez ſûr que tout autre que moy ſeroit tombée dans le même inconvenient.

LYSIMON.

Entrons-la dedans pour éclaircir les circonſtances de cet évenement. Il me paroiſt incroyable.

SCENE XI.

CRISPIN, NERINE.

NERINE.

QUe je les plains. Il me font pitié les pauvres enfans.

CRISPIN.

Et à moy auſſi. Il y a pourtant quelque choſe d'agréable pour moy dans cette avanture. Leandre eſt auſſi malheureux que je le ſuis; nous nous deſeſpererons de compagnie, & nous pleurerons tant enſemble, qu'à la fin nous n'aurons plus la force de nous affliger.

NERINE.

Comment vous mourrez ?

CRISPIN.

Non, nous nous consolerons.

NERINE.

Ah traître ! tu m'oublieras donc ?

CRISPIN.

Ma foy, veux tu que je te dise ? J'ay peur que ton Mary ne vive trop long temps, & il faut que je fasse une fin. Je suis déja si fou d'affliction. Vois-tu, chacun a son temperamment. Les uns sont propres à s'abreuver de larmes, & à se nourrir de lamentations, pour moy, cela me fait maigrir. La joye est mon aliment. Depuis que je sçay que tu est mariée, j'ay fait mon possible pour mourir de douleur. Tien, mon enfant, je ne m'en porte que mieux ; j'en enrage, mais ce n'est pas ma faute si je suis fait pour vivre.

NERINE.

Oüi ! Tu le prends sur ce ton-là. Oh bien puisque tu as si peu de délicatesse, je sçay bien qui j'aimeray pour me vanger de toy.

CRISPIN.

Et qui aimeras-tu ?

NERINE.

J'aimeray Pasquin.

CRISPIN.

Je t'en défie. Il est ton mary. Mais laissons tout cela. Nous allons nous quitter pour long-temps ; car mon Maître va partir tout à l'heure. De quelle maniere veux-tu que nous nous séparions. Entre gens sensez qui s'aiment tendrement, il y a une certaine façon de prendre congé l'un de l'autre, qui ne laisse que d'agréables idées. Ces adieux, tu m'entends bien, te vangeroient de la jalousie de Pasquin, & moy du chagrin que j'ay de le voir ton Mary. D'ailleurs tu te souviens du marché que nous avons fait. Ce seroient des arrhes que tu me donne-

rois, & après le tour que tu m'as joüé, ma chere,
il est bon qu'en partant j'aye mes sûretez.

NERINE.

Merci de ma vie, pour qui me prends-tu ?

CRISPIN.

Et mais je te prends.... Je te prends pour une
femme.

NERINE.

Va, traistre, après une pareille proposition, je
te verray partir sans regret.

CRISPIN.

Après un pareil refus, ton absence ne me tuëras
pas.

NERINE.

Je vais chercher mon Mary & me racomoder avec
luy.

CRISPIN.

Et moy je vais faire autant de Maistresses que je
trouveray de jolies soubrettes.

Fin du quatriéme Acte.

ACTE V.

SCENE PREMIERE.

VALERE, PASQUIN.

VALERE.

FUt-il jamais un homme plus malheureux que moy !

PASQUIN.

A-t-on jamais vû un Mary plus martyrisé que je le suis !

VALERE.

Un obstacle imprevû détruit tous les engagemens de Julie avec mon Rival, je l'ignore, & on m'oste le moyen d'en profiter en me raccommodant avec Angelique.

PASQUIN.

Je veux battre ma femme, c'estoit le droit du jeu. Je n'en fais rien de peur de l'éclat. Je veux tuer mon successeur prématuré. Je suis poltron comme un liévre.

VALERE *resvant toûjours.*

Que feray-je ? Si je détourne Julie du dessein qu'elle a d'aller au Convent, je vais m'attirer un

nouvel

nouvel orage. Mon pere, Angelique, la Comtesse, me tomberont sur les bras.

PASQUIN.

Quel parti prendre avec une femme aussi fragile que la mienne ! Si je me sépare, on me va turlupiner. Si je la bats tout mon sou, je la tuëray ; si je la tuë, je seray pendu.

VALERE.

Que me conseilles tu Pasquin ?

PASQUIN.

Que me conseillez vous, Monsieur ?

VALERE.

Hem ? Ne m'entends-tu pas ?

PASQUIN.

De qui parlez-vous ?

VALERE.

Je parle de Julie ?

PASQUIN.

Et moy de ma femme,

VALERE.

Peste soit du maraut. Je suis dans une étrange perplexité.

PASQUIN.

Mon front est furieusement endommagé.

VALERE.

Ah m'y voici. Sçais-tu ce que j'ay resolu ?

PASQUIN.

Quoy Monsieur ?

VALERE.

De faire une chose presque impossible, De dégoûter Angelique de moy.

PASQUIN.

Je vous réponds du succès. Vous n'avez plus besoin de mes conseils, & je me retire avec vostre permission.

VALERE.

Où vas-tu ?

K

PASQUIN.

Je vais faire un petit tour à ma femme. Ce marouffle de Crispin est toûjours autour d'elle.

VALERE.

Demeure, je veux que tu sois témoin de la maniere dont tout ceci va se passer.

PASQUIN.

Mais si après que vous aurez rompu avec Angelique, Julie s'avise de refuser vostre main?

VALERE.

Le fat! Veux-tu gager que dès la premiere conversation, je vais la mettre en train de m'épouser. En tout cas, j'auray toûjours Angelique à ma disposition. J'ay sur elle un ascendant qu'elle ne sçauroit vaincre.

PASQUIN.

Prennez garde de vous tromper.

VALERE.

Oh tais-toy je te prie.

PASQUIN.

Vous n'aurez ni l'une ni l'autre, c'est moy qui vous le prédis.

VALERE.

Ni l'une ni l'autre? Veux-tu que je les épouse toutes deux? J'en viendray à bout quand il me plaira.

PASQUIN.

Je voy bien que tous les Gascons ne viennent pas de la Garonne. Voici Angelique.

VALERE.

Ayde-moy, je te prie, à m'en faire haïr.

PASQUIN.

Laissez-moy faire.

SCENE II.

ANGELIQUE, VALERE, PASQUIN.

ANGELIQUE.

JE vous cherche, Valere. Pendant que ma Mere
est en ville, je suis bien-aise de m'expliquer avec
vous. Comme je vous ay pardonné facilement l'of-
fence que vous m'avez faite aujourd'huy, je crains
que vous n'abusiez de mes bontez, & que vous ne
me donniez quelque nouveau sujet de me plaindre.
Nous sommes sur le point de nous engager l'un à
l'autre pour jamais. Cela mérite reflexion.

PASQUIN.

Ma foy, Mademoiselle, si j'estois à vostre place
j'y penserois à deux fois avant que d'épouser un joly
homme comme mon Maistre. Ces Messieurs les jolis
hommes sont si mauvais Maris. C'est ce que ma
femme me reproche tous les jours à moy qui vous
parle.

ANGELIQUE.

Que dites-vous à cela, Valere; parlons à cœur
ouvert. Vostre retour vers moy est-il bien sincere.
L'obstacle qui se présente au bonheur de Leandre
ne fait-il point renaistre vos esperances ? N'allez-
vous point me sacrifier une seconde fois à Julie ?

PASQUIN bas.

Je vous conseille en ami, de ne plus songer à ce
petit vilain-là.

ANGELIQUE.

Vous ne dites rien, Valere ?

K ij

VALERE.

Ne me faites point expliquer je vous en conjure,
Vous m'accableriez de reproches, vous me broüil-
leriez avec mon pere. Vous préviendriez Julie contre moy. Et j'aime mieux vous estre fidele, & rem-
plir tous nos engagemens, que de céder au penchant qui m'entraisne malgré moy.

ANGELIQUE.

Vous pouvez le suivre, je ne m'y oppose point.
Tant que je ne vous ay pas connu, je me suis senti
de l'inclination pour vous, je vous connois, je ne
vous aime plus.

PASQUIN.

Cela est net.

ANGELIQUE.

Vous avez même perdu mon estime; ainsi ne
craignez aucun retour de tendresse de ma part. Pour
des reproches, que vostre vanité ne se flatte point
d'en recevoir, puisqu'il est sûr que je vous perds
sans regret.

PASQUIN.

Ma foy vostre ascendant commence à baisser.

ANGELIQUE.

Après cela vous jugerez aisément que je me con-
soleray si parfaitement, que j'oublieray même jusqu'à vostre nom.

PASQUIN à *Valere.*

Vous n'aurez point de peine à vous défaire de cette fille-là.

VALERE.

Tais-toy.

ANGELIQUE.

A l'égard de vostre pere, loin de vous broüiller
avec luy, je vais luy dire que c'est moy qui romps
nos engagemens, & que s'il veut me faire un plaisir sensible, il vous unira pour jamais avec Julie.

VALERE.

Ah parbleu, puisque vous le souhaitrez si passion-

nément , je vous réponds que dans peu vous aurez
satisfaction.

PASQUIN.

Oüi , nous vous prions de la nôce. Y danserez-
vous ?

ANGELIQUE.

Très volontiers.

PASQUIN.

Le brave cœur que voila !

SCENE III.

LA COMTESSE, ANGELIQUE,
VALERE, PASQUIN.

LA COMTESSE.

ALlons , ma fille , réjoüiffez-vous avec moy.

VALERE.

Et dequoy , Madame ?

LA COMTESSE.

Réjoüiffez-vous , vous dis-je , j'apporte une grande nouvelle.

ANGELIQUE.

J'en ay une auffi à vous apprendre.

LA COMTESSE à *Valere qui veut*
s'en aller.

Demeurez , Valere , ce que je vais dire vous regarde auffi-bien que ma fille. J'ay gagné mon procès.

ANGELIQUE.

Voftre procès ?

K iij

LA COMTESSE.

Oüi, mon enfant. Vous estes plus riche aujourd'huy de quinze mille livres de rente, & vous vous trouvez présentement la plus considerable heritiére de la Province. Il se presente un parti pour vous aussi distingué par le bien que par sa Naissance. Monsieur vous a fait un affront que j'avois sur le cœur. Je serois indigne de ma race, si je ne m'en vangeois pas. Je ne veux plus que vous l'épousiez, & je prétends que vous acceptiez le parti que l'on vient de m'offrir dans ce moment.

ANGELIQUE.

Vous disposerez toûjours de ma main & de mon cœur ; je suis preste à suivre le choix que vous me proposez.

LA COMTESSE.

Vous me charmez. Je ne croyois pas vous trouver si raisonnable. Vous pouvez prendre vostre parti, Monsieur ; ce matin vous n'estiez pas en humeur d'aimer ma fille, & ce soir je ne suis pas en humeur de vous la donner ; mais Julie vous dédommagera bien agréablement, & comme elle ne peut plus épouser Leandre, elle sera trop heureuse de vous avoir.

ANGELIQUE.

Adieu, Monsieur, vous ne me verrez plus ; une autre va vous posseder. Je vous felicite de vostre bonheur, mais je croy que je suis encore plus heureuse que vous.

SCENE IV.

VALERE, PASQUIN.

PASQUIN à part.

C'Eſt bien fait. Si toutes les femmes eſtoient auſſi ſenſées qu'Angelique, la fade engeance des Petits-Maiſtres ſeroit bien-toſt détruite.

VALERE ſortant de ſa reſverie.

Paſquin. Que dis-tu de ce qui ſe vient de paſſer ?

PASQUIN.

Mais je dis que vous voulez donner congé, & qu'on vous a donné le voſtre.

VALERE.

Je t'avouë que je ſuis piqué, & ſi je ne comptois pas ſur Julie...

PASQUIN.

N'y comptez pas ſi abſolument.

VALERE.

Oh je l'épouſeray je t'en réponds. Au fond, elle commençoit à m'aimer quand Leandre eſt arrivé céans : Il eſt venu bien à propos pour ranimer la fidelité chancellante de ſa Maiſtreſſe. La voici. La maniere dont elle va recevoir ma propoſition, te fera voir que je ne me flatte point, & me conſolera du petit chagrin que je viens d'eſſuyer.

✳✳✳✳✳✳✳✳✳✳✳✳✳✳✳✳✳✳✳✳✳

SCENE V.

JULIE, NERINE, VALERE, PASQUIN.

JULIE *à Nerine.*

NOn, je ne veux plus voir Leandre. Qu'il prenne congé de mon Oncle quand il fera de retour, mais qu'il ne vienne pas me faire ses adieux. C'est un cruel moment que nous devons éviter l'un & l'autre.

VALERE *à Pasquin.*

Elle ne veut plus le voir, Pasquin, mes affaires vont bien.

NERINE *à Julie.*

Ce n'est point pour vous attrister qu'il demande à vous parler. Il ne veut que vous détourner de la résolution où vous estes de vous renfermer pour toûjours dans un Convent. Il est au désespoir de se voir la cause d'un dessein si tragique.

VALERE.

Qu'il ne se désole point. On retiendra Mademoiselle.

JULIE.

Ah! c'est vous, Valere, je suis bien-aise de vous trouver ici. J'ay quelque chose à vous dire.

VALERE.

J'ay aussi des propositions à vous faire. *A Pasquin.* Elle me prévient comme en vois.

NERINE *à Valere.*

Aydez-moy, je vous prie, à la détourner de la fantaisie qu'elle s'est mise en teste.

VALERE.

Si Mademoiselle veut bien m'écouter un moment...

JULIE.

Vous perdrez vostre Rhetorique, Monsieur, je ne changeray point de résolution, & je vous cherchois pour vous en avertir.

PASQUIN à *Valere*.

Oh oh ! Cela n'est pas si prévenant que vous le disiez.

VALERE.

Le sot ! |Quoy sérieusément, ma Reine, vous voulez aller au Convent ?

JULIE.

Oüi, Monsieur, mon parti est pris.

NERINE.

Vous allez faire une sottise. Dans la retraite que vous choisirez, vous porterez le cœur d'une fille. Dans ce cœur, il y a toûjours un levain d'inconstance, & de legereté : ce levain corrompra toutes vos resolutions. Il y fera naistre l'ennuy de la solitude, le regret d'avoir quitté le monde, & le desir violent de le revoir. Vous avez aimé Leandre de bonne foy. Il devoit estre vostre Mary. Un obstacle imprevû s'y oppose, & parce qu'il a fait la sottise d'épouser vostre Mere, il faudra que vous fassiez la folie de mourir fille ? Un homme est-il d'un si grand prix qu'il faille renoncer à tout quand on le perd ? Mort de ma vie, c'est tout ce que vous pourriez faire si toute l'espece avoit manqué.

JULIE.

Que tu es folle Nerine !.

NERINE.

Ma foy, c'est vous qui perdez l'esprit. Regardez nos jeunes veuves, vont-elles se cloistrer, s'enterrent-elles toutes vives ? Elles se désesperent, elles s'arrachent les cheveux, elles font serment de renoncer à tous les hommes. On ne s'étonne point de cela, c'eſt le cérémonial. Malgré tout ce fracas, leur douleur finit avant le deüil, & quelque joli vivant les conſole de la perte du défunt. Suivez leur exemple ; vous eſtes veuve, ou quelque choſe d'approchant ; pleurez, déſeſperez-vous, peſtez contre le ſort ; mais laiſſez faire le reſte à voſtre cœur, il vous avertira quand il ſera temps de recevoir de la conſolation.

VALERE.
C'eſt moy qui le feray parler.

JULIE.
Vous, Monſieur?

VALERE.
Et pluſtoſt que vous ne vous l'imaginez. Mais dépêchez-vous je vous prie, & abregeons le cérémonial.

JULIE.
Je ne veux point faire ici la précieuſe. J'oſe dire cependant que je ne voulois un Mary que pour l'aimer & pour en eſtre aimée. Leandre eſt le ſeul qui m'ait flatté de l'eſperance d'un pareil bonheur. Pour vous, Monſieur, qui vous piquez d'eſtre de ces jeunes gens à la mode qui ſe ſignalent chaque jour par de nouvelles extravagances, & qui rendent leurs noms celebres à force de ridicule, je ſuis voſtre trés-humble ſervante. Je m'aime trop pour me mettre à la diſcrétion de pareils perſonnages ; & l'ennuy de la plus cruelle ſolitude, me paroiſtra mille fois plus ſupportable, que de partager vos inclinations avec les originaux que vous copiez, & avec toutes les fameuſes coquettes de Paris.

PASQUIN.
Cette fille-là ne me paroiſt point dans le train de vous épouſer.

VALERE.
Ecoutez, Mademoiſelle, je vous parle encore en ami. Conſiderez bien ce que vous refuſez.

JULIE.

Allez, volage, allez rougir aux pieds d'Angelique, de vostre inconstance & de vostre perfidie.

VALERE.

Est-ce-là tout ce que vous avez à me dire ?

JULIE.

Oüi, & j'ay honte même de vous avoir écouté.

VALERE.

Et moy, je rougis d'avoir eu tant de foiblesse. Oh
passanbleu nous verrons si vous serez toûjours si fiere.
Dans huit jours, dans vingt-quatre heures, vous
vous repentirez de m'avoir rebutté. Mais il ne sera
plus temps, je vous en avertis.

JULIE.

C'est un repentir auquel je m'expose volontiers.

VALERE.

Je me retire au moins.

JULIE.

Dépêchez-vous.

PASQUIN *marquant une ligne avec le pied.*
Si nous passons cela, vous ne nous tenez plus.

VALERE.

Adieu Mademoiselle.

JULIE.

Adieu Monsieur.

VALERE & PASQUIN *revenant
précipitamment.*
Avez-vous fait vos reflexions ?

JULIE.

Oüi.

VALERE.

Vous persistez dans vos refus ?

JULIE.

Plusque jamais.

VALERE.

Cela suffit. Vous me faites pitié, mais je ne vous
plains point.

SCENE VI.

JULIE, LEANDRE, VALERE, NERINE, PASQUIN.

VALERE *à Leandre.*

Apparemment, Monfieur, que vous venez confirmer Mademoifelle, dans la réfolution où elle eft de fe broüiller avec tout le Genre humain pour l'amour de vous.

LEANDRE.

Comme ce n'eft point moy du tout que j'aimois en fa perfonne, je ne fuis point flatté d'une pareille réfolution, & je viens conjurer Julie pour la derniere fois, de ne me point faire un pareil facrifice.

JULIE.

Ne nous attendriffons point, Leandre, je vous avois ordonné de ne me plus voir. Et je vous déclare encore une fois, que ne pouvant vivre pour vous, je fais ferment de ne me donner à perfonne.

PASQUIN *à Valere.*

Je gage que vous ne les épouferez pas toutes deux.

VALERE.

Sui-moy, Pafquin, je fuis outré. Je crains que mon pere ne vienne, & je ne me fens pas d'humeur à fouffrir fes reproches.

SCENE VII.

SCENE VII.

JULIE, LEANDRE, NERINE, CRISPIN.

LEANDRE à Crispin.

AS-tu tout difposé pour mon départ ?

CRISPIN.

Oüi, Monfieur, nos chevaux font fcellez & bridez ; mais je ne croy pas que nous devions nous preffer de partir.

LEANDRE.

Et fur quoy crois-tu cela ?

CRISPIN.

Sur une converfation que je viens d'entendre.

JULIE.

Une converfation ?

CRISPIN.

Oüi, Mademoifélle, entre le Patron du logis, & Monfieur voftre Oncle, qui luy contoit des chofes merveilleufes fur voftre fujet. Je l'écoutois fans eftre apperçû.

JULIE.

Dequoy s'agiffoit-il donc ?

CRISPIN.

Oh ! cela va bien vous furprendre. Premierement Monfieur voftre Oncle a dit, ... qu'il eftoit voftre Oncle.

LEANDRE.

Te moques-tu de nous ?

CRISPIN.

Vous plaift-il de vous taire ?

Ľ

JULIE.
Laiſſez-le parler.

CRISPIN

Il eſt donc voſtre Oncle, mais voſtre Oncle d'une certaine façon qui fait que pour ainſi dire.... Vous comprennez bien, par le moyen d'un Grand Seigneur Italien qui s'eſtoit eſtabli à Paris, & dont il eſtoit l'Ecuyer.... Attendez je n'y ſuis plus. Pardonnez-moy m'y voici. Le Seigneur dont je vous ay parlé avoit deux filles, l'une qui eſtoit mariée, l'autre qui ne l'eſtoit pas. Celle qui eſtoit mariée... avoit un Mary comme vous le jugez bien; mais celle qu'il ne l'eſtoit pas en avoit un ſans en avoir, & paru qu'elle avoit ſçû plaire à Monſieur voſtre Oncle; il eſt arrivé que Monſieur voſtre Oncle & Monſieur voſtre Pere ont fait un certain mariage ſecret qui fait que Madame voſtre Tante eſt devenuë Madame voſtre Mere.... parce que voſtre premiere Mere qui n'eſtoit pas voſtre Tante eſt venuë à deceder par ſon trépas, & voilà juſtement la raiſon qui fait que je ne croy pas que nous devions partir.

NERINE.
Certes, voilà un trait d'hiſtoire bien remarquable!

CRISPIN.
N'eſtes-vous pas au fait preſentement?

LEANDRE.
Je veux mourir ſi je comprends un mot à tous ce qu'il a dit.

CRISPIN.
Ma foy ni moy non plus. Il y a un diable de brouillamini dans tout cela, qui m'a penſé faire tourner la cervelle. Mais tenez, voici ces Meſſieurs qui vont vous éclaircir.

SCENE VIII.

LYSIMON, LYCANDRE, JULIE, NERINE, LEANDRE, CRISPIN.

LYSIMON à *Lycandre.*

R Ien ne vous empêche désormais , de rendre la chose autentique.

LYCANDRE.

Ah ! je suis bien aise de vous trouver ensemble.

JULIE.

Nous n'y serons pas long-temps. Nous nous parlons pour la derniere fois. Vous sçavez sans doute , le malheur qui nous est arrivé.

LYCANDRE.

Oüi , je le sçay. On m'a tout conté.

LEANDRE.

Je vous attendois , Monsieur , pour prendre congé de vous.

JULIE *se jettant aux genoux de Lycandre.*

Je n'ay plus qu'une grace à vous demander , mon Oncle , c'est de ne me point engager avec un autre , & de souffrir que je me retire dans un Convent.

LYCANDRE.

Dans un Convent ? C'est ce que je ne souffriray point ; & je veux que vous demeuriez auprès de moy, pour la consolation de ma vieillesse.

NERINE.

Je respire.

LEANDRE à *Lycandre.*

Je vous conjure en partant , Monsieur , de persister dans cette résolution.

LYCANDRE.

J'y persisteray, je vous en répouds. Je seray bien pis, car je prétends la marier.

JULIE.

Me marier?

LYCANDRE.

Sans doute, & dés aujourd'huy.

LEANDRE.

Ah de grace ne luy faites point de violence sur ce sujet, il suffira. . . .

LYCANDRE.

Je vous marieray aussi vous qui parlez.

LEANDRE.

Moy Monsieur?

LYSIMON.

Vous même; c'est une affaire que nous venons de conclure.

NERINE.

Ah par ma foy je devine ce que c'est. On va donner Angelique à Leandre, & Valere épousera ma Maistresse; cela n'est pas mal imaginé.

JULIE.

Si ce sont là vos intentions, mon Oncle, vous me mettrez dans la nécessité d'estre ingrate, & j'auray le malheur de vous désobéïr.

LYCANDRE.

Vous ne serez point ingrate, vous obéïrez, & vous serez ravie d'estre mariée.

LEANDRE.

Quel est donc celuy que vous luy destinez?

LYCANDRE.

Vous.

LEANDRE.

Moy?

NERINE.

En voici bien d'un autre.

JULIE.

J'épouserois Leandre?

LYCANDRE

LYCANDRE.

Aimez-vous mieux aller au Convent.

JULIE.

Non vrayment, mon Oncle ; mais puis-je devenir la femme de mon beau-Pere ?

LYCANDRE.

Allez raſſurez-vous , il ne l'eſt point.

LEANDRE.

Juſte Ciel !

JULIE.

Quoy la Baronne de Saint-Aubin n'eſtoit point ma Mere ?

LYCANDRE.

Non , puiſque vous eſtes ma fille.

JULIE.

Voſtre fille ?

LYCANDRE.

Oüi, ma chere Julie, reconnoiſſez celuy qui vous a donné le jour.

JULIE.

Ah je devois vous reconnoiſtre à la tendreſſe que j'avois pour vous , & à celle dont vous m'avez toûjours honorée.

CRISPIN.

Je vous le diſois bien moy, que Monſieur voſtre Oncle & Madame voſtre Mere avoient fait un mariage ſecret.

LEANDRE.

Je n'oſe croire ce que j'entends, & je crains de me tromper.

LYCANDRE à *Julie.*

Vous eſtes née de la fille du Duc de Sorriente que j'avois épouſée ſecretement, & qui eſt morte peu de jours après voſtre naiſſance. J'avois tout à redouter du reſſentiment de ce Seigneur, & du frere de ma femme, qui ne m'auroient jamais pardonné ce mariage. C'eſt pourquoy j'ay toûjours pris ſoin de le cacher, & pour y réüſſir je vous remis entre les

M

mains de ma belle sœur, qui de concert avec moy vous a fait passer pour sa fille. Le Duc est mort, son fils a esté tué ; je n'ay plus rien à craindre, & je declare la verité.

GRISPIN.

Ne voilà t-il pas mot pour mot, ce que je vous avois conté ?

LEANDRE.

Monsieur, ma surprise, ma joye..... mon bon-heur..., Je ne sçaurois parler.

LYSIMON.

Allez, cela est plus éloquent que tout ce que vous pourriez dire. Nous vous entendons de reste.

LYCANDRE.

Entrons, & envoyons chercher un Notaire.

LYSIMON.

Nous ferons deux Nôces à la fois ; celles de Julie & de Leandre, & celles de Valere & d'Angelique.

SCENE IX.

LYSIMON, LYCANDRE, JULIE, NERINE, LEANDRE, CRISPIN, PASQUIN.

PASQUIN à Lysimon

JE viens vous apprendre d'étranges nouvelles, Monsieur.

LYSIMON.

Quoy donc ?

PASQUIN.

Monsieur vostre fils est parti.

LYSIMON.

Il est parti? Où va-t-il!

PASQUIN.

Il n'en sçait rien; ni moy non plus : mais désespe-
ré d'avoir rompu une seconde fois avec Angelique,
pour l'amour de Mademoiselle, qui n'a point voulu recevoir ses hommages, il vient de me dire qu'il
s'en alloit si loin, si loin, que vous n'entendriez
jamais parler de luy.

LYSIMON.

Le malheureux! Je suis fasché que cet incident
trouble vostre joye; mais quelque triste qu'il soit
pour moy, il ne m'empêchera point de donner tous
les soins necessaires aux préparatifs du mariage que
vous venez de conclurre.

LYCANDRE.

Nous vous sommes infiniment redevables, mais
ces préparatifs n'empêcheront point aussi que nous
ne cherchions tous les moyens possibles de remettre
Valere dans vos bonnes graces, & dans celles d'Angelique.

LYSIMON.

Entrons. J'y donneray les mains de tout mon
cœur, quoy qu'il ne le mérite pas.

※※※※※※※※※※

SCENE DERNIERE.

CRISPIN, NERINE, PASQUIN.

CRISPIN.

Voilà donc mon Maistre marié. Pour moy je
vais chercher quelque jolie Grizette avec qui
je puisse faire souche. Je serois responsable devant la
posterité, si je laissois perir la race des Crispins,

Soyons Amis Pasquin, je te laisse en posse..., je te promets, que je ne chasseray plus sur ton maine.

NERINE à *Pasquin.*

Si tu me promettois de n'estre plus jaloux, je ne te regarderois plus comme un Mary, & tu en serois mieux traité.

PASQUIN.

Touche-là, mon enfant. Je voy bien que dans le Siécle où nous sommes, quand on fait tant que de prendre une femme, il faut se résoudre à devenir commode.

Fin du cinquiéme & dernier Acte.